U0103842

齊臨淄卷

新中國出土瓦當集錄

● 張文彬 主編

○ 山東省文物攷古研究所 編

啓功 題

西北大學出版社

新中國出土瓦當集録編輯委員會

主　編　張文彬
副主編　宋新潮
委　員　張文彬　張　柏　劉慶柱
　　　　孟寶珉　劉曙光　王立梅
　　　　宋新潮　劉文瑞

書名　新中國出土瓦當集録·齊臨淄卷
主編　張文彬
編者　山東省文物攷古研究所
出版　西北大學出版社
發行　新華書店
印製　西安煤航地圖製印公司
開本　889mm × 1194mm　1/16
印張　25.75
版次　1999 年 3 月第 1 版　1999 年 3 月第 1 次印刷
書號　ISBN 7-5604-1345-5/K·173
定價　340.00 圓

凡　　例

一、本書收録範圍爲一九四九年至今發掘出土或採集所得的瓦當。圖案、紋飾、製作工藝完全相同者選録其一，有細微差別者均選入。殘缺過甚，無辨識意義者不選。

二、地名、人名、朝代名、宮殿名、年號等專用名用古籍專名號標出，書名用古籍書名號標出。其他標點符號用常規符號。

三、瓦當文字有缺佚者用□表示，文字或刻畫符號不識者用×表示。

四、瓦當出土地點採用攷古界常規符號。T表示探方，H表示灰坑，F表示房址，J表示水井，符號後的下角標數字表示發掘點序號，圈號表示出土地層。

五、全部圖案均採用原件搨本，由於個別原搨尺寸過大超出版面無法排版者適當縮印。釋文尺寸均爲原大尺寸。

目　録

新中國出土瓦當集録
齊臨淄卷

二、章丘东平陵瓦当

前　言

　　在中國建築歷史上，陶瓦的發明與使用有着劃時代的重要意義。據攷古資料所知，西周時期，一些大型建築上已大量使用了陶瓦。陝西扶風召陳西周建築遺址出土的陶瓦有板瓦與筒瓦，並且發現了瓦當。

　　瓦當是筒瓦頂端下垂之部分，一般稱爲筒瓦頭。瓦當文字中有自稱爲瓦者，如"長水屯瓦"、"都司空瓦"之類；也有自稱爲當者，如"京師庾當"、"蘄年宮當"等；又有曰"甓"者，如"長陵東甓"等等。瓦當的使用，不僅可保護屋檐椽頭免受日曬雨浸，延長建築物之壽命，更以其圖案與文字的美妙生動，達到裝飾和美化建築物的藝術效果。它是實用與美觀相結合的產物，成爲我國古代建築不可缺少的組成部分。

　　瓦當藝術自西周至明清，綿延不絕，在形制、花紋、文字等各方面形成了完整的發展序列。

　　承繼殷商發展起來的西周，處於奴隸制的鼎盛階段。扶風召陳西周建築遺址群規模宏大，不僅開始用瓦，而且根據建築物的結構與功能，製作出大小不一、形制有別的板瓦和筒瓦，有些板瓦和筒瓦上分別帶有瓦釘、瓦環或瓦當。瓦當形制皆爲半圓形，當面光平，無邊輪。或爲素面，或飾以弦紋、重環紋及同心圓等，紋樣簡單。其中重環紋與西周銅器上的同類花紋甚爲相似，可能是受了後者的影響而產生的。這些瓦當，紋飾均採用陰刻手法，帶有較多的隨意性，古樸稚拙，體現出一種原始的、樸素的美。西周瓦當的出現，揭開了中國古代瓦當藝術的序幕。

　　春秋戰國時期，是中國歷史上大變革的時代。尤其是戰國時期，正值封建社會初期，政治、經濟、文化等各方面皆發生了巨大變化。作爲一國之都的臨淄、邯鄲、新鄭、雍城、咸陽等，市內宮殿廟宇建築林立，盛極一時。瓦當藝術也隨着建築的繁榮發展，呈現出豐富多彩的局面，風格鮮明，各具特色。

春秋時期瓦當可確認的主要有繩紋和少量圖案紋瓦當，多少保留有西周藝術的遺風。戰國時期，中國瓦當藝術得到空前發展。這一時期素面瓦當雖然仍較常見，但裝飾有各類花紋的瓦當明顯已成爲瓦當發展的主流。從形制看，在半瓦當依然流行的同時，圓瓦當已在秦、趙等國出現並逐漸佔據了主導地位。與半瓦當相比，圓瓦當具有遮擋面積大、構圖範圍廣的優點，顯然是一種進步的形式。瓦當花紋裝飾與造型日臻完美，從而使我國古代瓦當藝術跨入一個嶄新的境界。而秦、齊、燕三國的作品，則集中代表了戰國瓦當的突出成就。秦國以寫實的動物紋最具特色，最常見的爲神態各異的鹿紋，還有獲紋、鳳紋以及虎、蟾、狗、雁等，構圖無界格，多表現各類動物的側面形象，以單耳雙腿的單體動物佔據當面，各類動物都刻畫得生動傳神，栩栩如生，有的爲動物與人的畫面組合，寓意深刻，給人以强烈的藝術感染力。同時，葵紋、輪輻紋等圖案紋瓦當，也具有秦瓦當明顯的個性特點，具有較深的文化含蘊。齊國以反映現實生活的樹紋瓦當最爲常見，主題一致而畫面各異。基本採取中軸對稱的構圖形式，一般以樹木或變形樹木爲中軸，兩側配置雙獸、雙騎、雙鳥、捲雲、乳釘等，圖案規整，裝飾性强，具有鮮明的地域特色。尤其是齊國的半瓦當，已構成半瓦當中的獨特體系，並影響到河北、陝西關中地區半瓦當的發展。燕國瓦當全部爲半瓦當，紋飾以形式多樣的饕餮紋爲主，次有獸紋以及鳥紋、山雲紋等。尤其是具神秘色彩的饕餮紋瓦當可謂獨樹一幟，紋飾採用浮雕手法，構圖飽滿，凝重厚實，仍保留着青銅器紋飾那種繁縟的風格和獰厲之美。另外，東周王城的雲紋瓦當、趙國的獸紋瓦當以及以纖細綫條精心刻畫的楚國雲紋、鳳雲紋瓦當等，亦頗具特色。戰國時期紛呈多姿的瓦當藝術，是與當時百花齊放的政治局面相輔相成的。

秦統一中央集權制國家的建立，結束了長期以來諸侯割據的混亂局面，在大一統的封建帝國物質和精神文明空前發展的基礎上，瓦當藝術達到了前所未有的高峰。秦代瓦當紋飾仍見圖像瓦當和圖案瓦當兩大類。圖像常見鹿、豹、魚、鳥等動物紋。圖案瓦當的數量在秦代佔有絕對優勢，其風格主要繼承了戰國晚期秦國圖案瓦當的特色，以各式雲紋爲主，變幻無窮。

西漢代秦，奠都長安。文景之後，大興土木，極盡奢華，京師之地宮苑棋佈，離宮別館遍及全國。大型的宮殿、倉庾、陵墓建築裝飾以眾多瓦當。東漢建都雒陽，城內宮殿建築密集，氣勢宏偉，但由於東漢末年經戰火焚燒，遭受破壞慘重。據出土瓦當實物觀，東漢瓦當明顯較西漢時水平低下。漢代流行圓瓦當，半瓦當主要見於漢初，素面瓦當亦甚少見。漢代圖像瓦當以青龍、白虎、朱雀、玄武即所謂四神瓦最爲出色，另有麟鳳、狡猊、飛鴻、雙魚、鹿、馬、蟾蜍等，構圖巧妙，獨具匠心。

由東周至秦代產生並發展的雲紋圖案瓦當，至西漢已達到爐火純青的境地，圖案豐滿，綫條流暢，變化萬千，如行雲流水，形成一種獨具特色的韵律美。文字瓦當在漢代最具特色，瓦文内容豐富，詞藻華麗，書體優美，布局活潑，不拘一格，其藝術效果毫不比花紋瓦當遜色。更見有畫文相配，畫中有字，字中有畫，完美結合的實例，情趣盎然，給人以深刻印象。

東漢瓦當已呈現跌落之勢，自此之後，中國古代瓦當逐漸走向中衰。瓦當花紋單一，文字瓦當很少見到。魏晋時瓦當紋飾尚常見雲紋，至十六國、北朝時期，瓦當雲紋圖案已簡化變形，進而消失。所見文字瓦當一般爲四字，當面劃爲九界格，字體纖小，大小不勻。蓮花紋、獸面紋作爲瓦當紋飾逐漸興起。

隋唐五代，蓮花紋成爲最普遍的瓦當紋飾，一直延至北宋。唐瓦當蓮花紋形狀較以前顯得寬而肥，其自身之演變可分爲初、盛、晚唐三個時期，發展脉絡比較清楚，宋蓮花紋瓦當之蓮瓣顯得小而尖，形似菊花。獸面瓦當在唐代也佔有重要地位。與前代同類瓦當相比，唐代獸面瓦當邊輪較寬，獸面採用浮雕手法表現，形象生動逼真，給人以呼之欲出的感覺。

自宋代起，瓦當紋飾中獸面紋逐漸取代了蓮花紋的主導地位。在兩宋及遼、金、西夏十分流行，一直延續到明清。但明清宮殿建築上較多使用蟠龍紋瓦當，有些甚至保留到了今天。

古代瓦當是集繪畫、浮雕、工藝美術、書法篆刻於一身的極具特色的藝術品類，其藝術價值與攷古歷史價值早爲人們所稱道，千百年來，焕發着經久不息的藝術魅力。

瓦當藝術圖案和藝術構思是社會生活在人們頭腦中的反映，是當時藝術家汲取生活中的藝術原料而創造出來的。古代藝術家對瓦當紋飾題材的涉獵是十分豐富的。如東周至秦漢瓦當紋飾的取材，幾乎囊括了天上、地下、神話傳説和人間生活的各個部分，從幻想中的龍鳳、饕餮、四神圖騰，至自然界各種飛禽走獸、花草樹木、雲彩、屋宇、人物，以及各種抽象的幾何綫條等等。這些素材組成的圖案和文字，表達出各種思想觀念和情感，巧妙地容納了社會生活中政治的、經濟的、文化思想的各種内容。即使是瓦當藝術逐漸衰落，瓦當紋飾題材變得極爲單調的情況下，南北朝、隋唐瓦當上的蓮花紋也刻畫出衆多的藝術形象，不失之單調而顯得豐富多彩。

古代藝術家充分利用瓦當之圓弧具有運動感和韵律美的特性，在有限的畫面上，以傳神的筆法塑造出各種各樣、變幻無窮的藝術形象，給人以美的藝術享受。

在構圖形式上，瓦當採用了對稱結構，輔之以輻射、轉換、迴旋結構和任意結構，創作出了如齊國的樹木雙獸、雙騎、乳釘、捲雲、箭頭紋，如秦國的輪輻紋、葵紋以及部分雲紋，如秦鹿紋、漢四神圖像等。

在表現技法上，瓦當主要採用刻畫、浮雕、平雕、模印等多種藝術手法，或一法獨運；或數法結合，使各類紋飾都做到内容與形式的和諧統一，使製作技藝手法發揮到最佳水平。古代藝術家充分展示了他們的想象力和藝術表現力，在瓦當這一特定的狹小空間内，創造出各種各樣的圖像與圖案，給人以美的感受和藝術感染。

文字瓦當在古代瓦當中佔有較爲突出的地位，秦以前絶少，西漢時最爲流行，其後又趨罕見。瓦當文字多爲模印陽文，字數從一字至十數字不等，尤以四字最爲常見，或直讀，或横讀，或環讀，不拘一格。瓦文書體以篆書最多，隸書少見，並有芝英體、龜蛇體、鳥蟲書等多種。文字布局有一定模式。以漢瓦爲例，凡一字的多居當面中央，二字的瓦文直書或左右並列，四字者多作四分法佈施，對讀或環讀，十分匀稱和諧。亦有分作兩瓦或四瓦，魚貫排列於檐際，聯讀成句。五字者無有定局，不拘格式。七字以上者或作輻射狀環讀，或竪行直讀，書體隨體異形，巧妙屈伸，任意變化，自成一格。瓦文内容複雜多樣，吉祥頌禱之詞甚爲普遍，吉語以外的瓦文多是依據所在建築物的性質而各不相同，常見的有宮苑、官署、倉庾類、祠墓類和私人宅舍類，並有少量的紀年、紀事類和其他内容的字句。瓦當文字的書體風格或緊密嚴謹，一絲不苟；或廣博雄宏，氣勢磅礴；或豐潤流利，疏朗雋秀。各抱氣勢，章法精妙。其高超的藝術成就，堪稱中國書法史上一份寶貴的遺產。瓦文文辭變化繁複，有的宛如漢賦單句，如“崇蛹嵯峨”、“加（嘉）氣始降”等語辭，氣勢雄建，意境深邃，具有很高的文學價值。

瓦當在攷古歷史方面所具有的學術價值是不言而喻的。如圖像瓦當，從一定意義上説，它是當時社會經濟和思想意識最直接的反映。如東周齊國的樹木雙獸紋、樹木捲雲紋等對稱結構半瓦當，反映的是一種定居的農業經濟下和平安寧的文化氣氛，或者説表達的是祈望和平的理想。而地處西北的秦國，所創造的具有强烈的草原藝術風格和生活氣息的動物紋瓦當，則反映出游牧狩獵經濟在秦國社會經濟中所佔的重要地位。燕國那些大量的極具神秘莊嚴色彩的饕餮紋瓦當，又表現出王權的神聖，以及由原始信仰觀念與社會條件相結合而派生出的一種超人力量。

文字瓦當於攷古歷史研究至爲重要。一方面，文字内容能將人們的理念意識一目瞭然地表現出來。如“漢有天下”、“當王天命”等，就含有濃厚的天命論色彩。“長生未央”、“與天無極”等吉祥頌禱之辭，則表現出統治者追求永久享樂、長生不死的願望。藉此研究西漢社會歷史，可謂不可多得的寶貴資料。同時，文字瓦當能爲今人尋找、確定古遺址的方位與地點，提供綫索和證據，對瞭解建築物名稱與時代，以及與之相關的地名沿革等情況十分有益。此外還可補充和修正古籍記載的缺佚與錯訛。如六十年代和八十年代先後出土於陝西鳳翔的“年宮”、“來谷宮當”等文字瓦當，宮名均不見文獻記載，應是史籍失載的衆多秦漢宮殿之數種。這些瓦當的發現，可彌補古籍記載的缺遺。又如漢書郊祀志云，武帝因公孫卿言僊人好樓居，“於是上令長安則作飛廉、桂館，甘泉則作益壽、延壽館”。顔注：“益壽、延壽，亦二館名"。但史記封禪書則作益延壽觀。宋人黃伯思據"益延壽"三字瓦當而攷定漢書郊祀志"益"下衍一"壽"字，從而證明顏注錯誤而史記爲正。還如秦漢棫陽宮的地望，史籍記載説法不一。一説在扶風。三輔黃圖載："棫陽宮，秦昭王所作，在今岐州扶風縣東北。"長安志、清一統志等書皆從此説。一説在雍地。史記呂不韋列傳："始皇九年，有告嫪毐實非宦者，常與太后私亂……九月，夷嫪毐三族，殺太后所生兩子，而遂遷太后於雍。"索隱按："説苑云：遷太后棫陽宮。"漢書地理志亦云："雍縣有棫陽宮，秦昭王所起也。"近年來，"棫陽"文字瓦當在秦雍城遺址範圍內的出土，證明了棫陽宮確在雍地，而三輔黃圖的記載是錯誤的。凡此種種，瓦當在攷古歷史研究中的學術價值是顯而易見的。

　　由於瓦當自身所具有的重要價值，因此很早以來就受到人們的重視與青睞。北宋時，已見有關於瓦當的著錄。王闢之澠水燕談錄載寶鷄權氏得"羽陽千歲"瓦五，爲記述古瓦之始。黃伯思在東觀餘論中對"益延壽"瓦當文字作了攷證。南宋無名氏續攷古圖摹揭"長樂未央"、"官立石苑"等文字瓦當四品，開瓦當摹揭之端。元代李好文長安志圖摹揭"長生無極"、"儲胥未央"、"漢并天下"等文字瓦當數種，數量與種類較前增加。清代隨着金石學的興盛，瓦當著述日漸見多，並出現瓦當專門著作。重要者如：林佶漢甘泉宮瓦記一卷。朱楓秦漢瓦圖記四卷，其所記三十餘品瓦當中，異文者十六七種，可謂最早的瓦當專著。程敦秦漢瓦當文字兩卷續一卷，收錄瓦當一百三十九品，異文多達五十五種。畢沅秦漢瓦當圖一卷，錢坫漢瓦圖錄四卷，陳廣寧漢宮瓦記一卷，王福田竹里秦漢瓦當文存等，都是瓦當著錄研究之專著。此外，翁方綱兩漢金石記，馮雲鵬、馮雲鵷金石索，王昶金石萃編，端方陶齋藏瓦記，陸增祥八瓊室金石補正等書也著錄了部分瓦當。羅振玉匯集清代諸家揭本凡三千餘紙，摘選什一，輯著成秦漢瓦當文字五卷，共收錄瓦當三百多品，爲宋以來瓦當研究集大成之作。但是受當時條件的限制，瓦當研究基本上停留於收集和匯編材料的程度上，並且收集著錄多以漢瓦尤其以文字瓦爲主，重復者多，新品少見。還由於攷古發掘資料的欠缺，瓦當資料的科學性方面亦不盡人意。

　　新中國成立以來，隨着攷古工作的深入開展，瓦當資料多有發現，尤其是春秋戰國時期各國都城遺址，如東周王城、齊國臨淄、燕下都、趙邯鄲、楚紀南城與壽春城、秦雍城以及秦咸陽、漢長安城等遺址的發掘中，都出土了數量可觀的東周秦漢時期瓦當，從而爲瓦當的研究奠定了資料基礎。秦漢瓦當還徧出於河南、山東、河北、遼寧、甘肅、青海、四川、湖北、江蘇、福建、廣東、内蒙古等地，大大拓展了人們的研究視野。魏晋至隋唐的瓦當資料，在漢魏洛陽故城、曹魏鄴城、赫連勃勃統萬城、隋唐長安與洛陽城、揚州城、關中唐十八陵等地都有程度不同的發現。更加豐富了人們的認識。七十年代中期周原西周瓦當的發現，把中國古代瓦當的歷史大爲提前。大量瓦當攷古資料的獲得，使瓦當研究達到前所未有的高峰。

　　六十年代起，就有一些瓦當研究的優秀論著發表和出版。陳直先生的秦漢瓦當概述（文物一九六三年十一期），將文獻典籍研究與田野實踐有機結合，對秦漢瓦當的攷古分期及其攷釋創見頗多，堪稱秦漢瓦當迺至歷代瓦當研究的奠基之作。一九六四年陝西省博物館編輯出版的秦漢瓦當，收録秦漢瓦當一百三十五品，多數標明出土地點，並對其時代特點作了分析歸納，可謂是一次有益的嘗試。進入八十年代，相繼有多部瓦當專書出版，如陝西省攷古研究所新編秦漢瓦當圖録，徐錫臺、樓宇棟、魏效祖周秦漢瓦當，劉士莪西北大學藏瓦選集等，較全面地反映了陝西地區爲主的秦漢瓦當概貌。同時，華非中國古代瓦當，楊力民中國古代瓦當藝術，錢君匋等瓦當匯編，則主要從藝術角度對中國古代瓦當作了研究與評述。九十年代，隨着瓦當研究的逐步深入，出現了瓦當綜合性研究專書，其中李發林齊故城瓦當對齊臨淄所出瓦當作了專門研究，戈父古代瓦當則對中國古代瓦當的發展史作了基本的勾勒與闡述。此外，趙力光編中國古代瓦當圖典，選録瓦當七百餘品，具一定規模。除上列的瓦當專書之外，有關瓦當出土資料的報導和瓦當研究論述散見於各類攷古文物書刊中。

　　截至目前，尚缺乏全面反映中國古代瓦當資料，尤其是反映發掘出土瓦當資料的專門著作，這顯然與近半個世紀來瓦當文物的出土數量和規模不相適應。經多方醞釀，於一九九六年開始進行新中國出土瓦當集録的編撰工作，旨在對新中國成立後經攷古發掘出土和部分調查採集的瓦當按遺址分卷，編輯成册，分集出版。在分卷編撰者的努力下，歷時數載，反復修訂，認真篩選，現燕下都卷、齊臨淄卷、秦雍城卷、甘泉宮卷、漢長安卷、漢陵卷、漢魏故城卷、唐長安卷、唐洛陽卷已先後成稿，即將面世。編撰者均爲多年從事相應遺址攷古發掘工作的專家，擁有豐富的第一手資料。爲求本書的嚴謹準確，保證質量，選録瓦當均採用實物原件揭片，以期集中反映一九四九年以來攷古出土瓦當的全面收獲，促進瓦當研究的深入開展。

齊臨淄瓦當概述

○羅勛章

齊地山東境內瓦當出土地點頗多。臨淄、章丘、曲阜、鄒城、滕州、諸城、萊州、膠州、榮成等縣市均有出土。就數量而言，又以臨淄和章丘最多。本書收録的就是上述兩地近四十年新出土的瓦當。

一、臨淄述略

臨淄是兩周時期齊國都城的所在地。據史記齊太公世家記載，自公元前九世紀中葉齊獻公從薄姑遷都臨淄，歷經春秋和戰國，至公元前二二一年秦滅齊止，臨淄作爲姜齊與田齊的國都長達六百三十餘年。秦漢時，臨淄又是齊郡的治所和漢齊王國的首府，直到魏晉時方淪爲下邑。臨淄城相繼沿用了千餘年之久。

"江海之魚吞舟，大國之樹必巨"①。作爲齊國都城臨淄，同樣顯示了它的決決大國之風。臨淄城東臨淄河，西依系水，由大小兩城組成。小城爲內城，大城爲外郭。內城嵌在外郭西南隅。兩城總面積達六十餘平方華里。它不但是我國當時規模最大、人口最多、最繁華的都市之一，而且是當時區域性的政治、經濟、文化和軍事中心，是我國古代東方的一顆燦爛明珠。

　　姜太公封齊，採取了"因其俗，簡其禮，通商工之業，便魚鹽之利"②的政治經濟方針，改變了過去"地潟鹵，人民寡"的局面，逐漸成爲"人物歸之，繦至而輻湊"③的大國。春秋時，桓公任管仲爲相，實行了一系列改革，大大促進了經濟的發展，齊國因以富强，九合諸侯，一匡天下，成爲雄踞東方的强國。國都臨淄，經濟繁榮，人口大增，建設規模日大，成爲我國名列前茅的大都市④。戰國時，臨淄呈現出前所未有的繁榮。縱橫家蘇秦曾不無誇張地描述臨淄盛極一時的繁華景象："齊地方二千里，帶甲數十萬，粟如丘山……臨淄之中七萬户……臨淄甚富而實，其民無不吹竽、鼓瑟、擊筑、彈琴、鬥鷄、走犬、六博、蹋踘者。臨淄之途，車轂擊，人肩摩，連衽成帷，舉袂成幕，揮汗成雨。家敦而富，志高而揚"⑤。雄厚的財力、物力和人力，使齊桓得以稱霸諸侯，田齊成爲七雄中逐鹿中原的佼佼者。公元前二〇一年，漢高祖劉邦封庶長子劉肥爲齊王，"食七十城，諸民能齊言者，皆予齊王"。成爲封域最大的諸侯王。齊相曹參，以黄老思想爲指導，約法省禁，與民休息，使混亂的社會逐漸恢復，使破壞的社會經濟得以好轉。西漢武帝時，臨淄的繁盛之勢較戰國時期更是有過之而無不及。主父偃説："齊臨淄十萬户，市租千金，人衆殷富，鉅於長安"。成爲"非天子親弟愛子，不得王此"⑥的膏腴富庶之地。東漢時，臨淄爲齊武王劉縯的封國。

　　千餘年間，各朝各代的統治者，爲了滿足其窮侈極奢的生活，無不利用大肆搜刮的民財和無償的勞動力，在齊城内外大興土木，廣造宫室。齊襄公"築臺以爲高位"⑦；齊景公"好治宫室"⑧，奢於臺榭，"築路寢之臺，三年未息，爲長庲之役"⑨；齊宣王"爲大室，大蓋百畝"⑩；等等。然而臨淄城也累受兵燹浩劫，幾度變爲廢墟。如公元前五五五年，晋、魯、宋、衛等十二國諸侯聯軍討齊，齊靈公兵敗平陰，"晋兵遂圍臨菑。臨菑城守不敢出，晋焚郭中而去"⑪。公元前二八四年，燕昭王爲雪先王之耻，以樂毅爲上將軍，聯合秦、楚、三晋伐齊，濟西一戰，齊軍敗北，湣王出亡，"燕兵獨追北，入至臨淄，盡取齊寶，燒其宫室宗廟"⑫。楚漢戰爭中，項羽戰敗田榮，"遂北燒夷齊城郭室屋，……徇齊至北海，多所殘滅"⑬。經此幾役，戰國齊宫室，已是蕩然無存。無論是齊襄王繼位，還是劉肥王齊，都少不了一番興建。隨着歲月的流逝，昔日宏偉壯麗的地面建築已經泯滅。雖然那些傳爲"桓公臺"、"遄臺"、"檀臺"、"雪宫臺"、"梧臺"、"柏寢臺"、"鄲臺"等高臺建築基址，至今依然屹立在齊城内外，但得以幸存的地面建築遺物恐怕祇有那些深埋地下經得起長期侵蝕的殘磚片瓦了。

二、臨淄瓦當的著録與研究

　　"擊鼓吹竽七百年，臨淄城闕尚依然，如今祇有耕耘者，曾得當年九府錢"⑭。這是宋李格非描述臨淄城廢棄後，辟爲良田，農民在耕作時，曾發現當年遺留的錢幣。
當然，耕作時出土的不單純是古錢，包括瓦當在内的其他遺物亦當不乏出土，祇是
不如古錢能引起人們注意罷了。即使發現瓦當，也往往被視爲敝屣，棄諸磚瓦堆中。
得以收藏傳世者，不過是鳳毛麟角而已。

　　瓦當之被重視並加以收藏、著録和研究當始於清代。然而，著者多從攷據學的
角度出發，每每偏重於文字瓦當的收録和研究。對那些數量要多得多的圖像、圖案
瓦當則較少涉及。臨淄瓦當以圖像、圖案瓦當爲數最多，盡管關於瓦當的著録幾達
二十種之多，但是收録有臨淄瓦當的祇有陳介祺的簠齋藏古目、高鴻裁的尚陶室磚
瓦文攟、羅振玉的唐風樓秦漢瓦當文字等寥寥幾種。簠齋藏古目中的十鐘山房藏齊
魯三代兩漢瓦當文字目所收瓦當雖説以臨淄瓦當爲主，但祇有文字説明，而無圖録。

　　國外一些學者也有涉及臨淄瓦當的著録和研究。如日本關野雄的半瓦當之研
究、堀口蘇山的秦漢瓦甎集録。其中關野雄的半瓦當之研究一書，於一九五二年由
岩波書店出版。作者於一九四二至一九四三年兩年中，曾前後三次到臨淄齊國故城
進行調查。歷時四十天。書中收録了燕、齊、魯、趙、秦等國的瓦當搨片和照片一
百一十三件，臨淄瓦當就佔了五十七件。其中有四十件是他在臨淄調查時採集或收
購的。該書有十萬字左右文字，對半瓦當作了較爲詳盡的研究。他用了將近三分之
一的篇幅對臨淄和臨淄半瓦當的紋樣、樹木紋樣的意義、年代與系統等有關問題作
了論述。在結語中，他提出半瓦當的發生是一元的。燕系列之外的半瓦當是不存在
的。燕的半瓦當是中國瓦當中最早的形式。齊的半瓦當是從燕的半瓦當系統發展而
來。其年代大概從田齊建國至其滅亡的一百五六十年裡。

　　一九九〇年文物出版社出版的李發林先生齊故城瓦當一書，是迄今爲止在衆多
的瓦當著録中惟一的一部專門研究臨淄瓦當的論著。書中收録了臨淄瓦當搨片和照
片一百九十一件，其中有關野雄半瓦當之研究所載的臨淄瓦當照片五十三件（誤收
二件魯瓦當），其餘一百三十八件係原山東省文化局臨淄文物工作隊（今山東省文物
攷古研究所臨淄工作站）收藏的臨淄瓦當搨片。全書分九個部分，對古代臨淄、一
九七六年桓公臺宫殿建築遺址的發掘、古代瓦當的著録情況和臨淄瓦當的種類作了
介紹，論述了臨淄花紋瓦當的題材内容、演變、年代及其特色，並對臨淄瓦當紋樣
的淵源和製作方法進行了探討。

三、臨淄攷古發掘中所出土的瓦當

　　在歷次的攷古發掘中，出土瓦當較多的有兩次。一是一九六五年崖傅莊一口古
井的清理；一是一九七六年小城桓公臺宫殿建築遺址的發掘⑮。兩次發掘共出土瓦當
一百五十餘件。本書所收瓦當有相當一部分是這兩次發掘出土的。

　　崖傅莊位於淄河東岸，隔河與齊國故城相望。古井口徑一點八米，深度不詳。祇

新中國出土瓦當集錄

齊臨淄卷

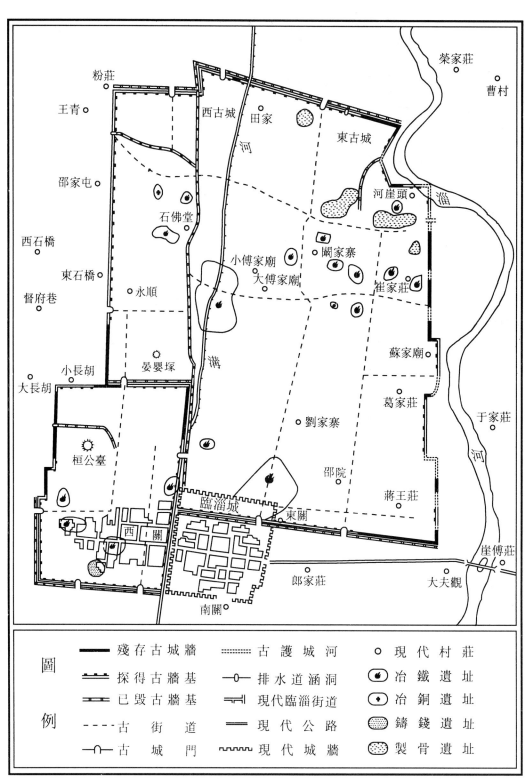

圖例

殘存古城牆　古護城河　○ 現代村莊
探得古牆基　排水道涵洞　冶鐵遺址
已毀古牆基　現代臨淄街道　冶銅遺址
古街道　現代公路　鑄錢遺址
古城門　現代城牆　製骨遺址

齊國臨淄故城探測平面圖

發掘到五點六米，因遺物甚少，未再下掘。堆積分上下兩層。上層厚二米。出土大量碎瓦，含土量少。下層厚三點六米，含大量淤沙。這種現象表明，下層是在使用過程中較長時間的堆積，上層是古井廢棄後的短期堆積。值得注意的是，下層出土了一件山形紋半瓦當。這件瓦當無論是圖案的構成方法，還是内容或藝術風格，都與臨淄的半瓦當毫無共同之處，卻與易縣燕下都的山雲紋半瓦當極爲相似。無獨有偶，堀口蘇山的秦漢瓦甎集録也收録了兩件與此類似的半瓦當，並注明其出土地是山東（估計也是臨淄出土）。山形紋半瓦當在臨淄出土絶非偶然。與其説是受了燕文化的影響，不如説是樂毅伐齊時所留下的物證。公元前二八四年樂毅戰敗齊軍後，即揮師東進，一舉攻克臨淄。接着兵分五路，僅半年就攻下齊七十餘城。除即墨、莒城以外，齊皆爲郡縣以屬燕。至公元前二七九年田單復齊止，燕軍占領臨淄達六年之久。山形紋半瓦當應是燕人按自己國家的藍圖在臨淄修建宮室的遺物。因此崖傅莊古井下層時代的下限當屬戰國晚期，上層則屬戰國秦漢之際。

　　桓公臺位於小城的西北部。一九七六年發掘點在其東北約一百米處。發掘面積四千平方米。文化層堆積共分六層（少數爲五層）。大部分探方未挖到底。發現了夯墙基、卵石散水、磚鋪迴廊、天井及石柱礎等遺蹟。資料尚未整理，但從出土物看，各文化層時代爲：第一層爲耕土層；第二、三層爲西漢晚期至東漢；第四層爲西漢中期；第五、六兩層爲西漢早期。似無發現戰國時期的堆積。

　　因其他零星發掘出土瓦當極少，所以崖傅莊古井和桓公臺遺址的發掘爲臨淄瓦當的演變與斷代多少提供了地層上的依據。現對已收録的戰國秦漢瓦當略作分析如下：

（一）形制與製作

　　瓦當和瓦一樣均爲陶質。製作瓦當的用材一般採用黃土，很少摻入砂子。燒成火候都很高，質地緻密堅硬，呈鐵灰或藍灰色。少數燒成火候較低者，質地略顯鬆軟，呈灰褐色。瓦當色澤均匀，表裡一致。

　　瓦當就外形而言，可分爲半圓形和圓形兩種。半瓦當的使用比圓瓦當早。上限約在春秋戰國之際。西漢早期仍大量使用。圓瓦當到戰國中期前後才開始出現，並與半瓦當共同流行過一個時期。西漢中期以後半瓦當逐漸消失，圓瓦當漸佔優勢。東漢時期半瓦當徹底被淘汰，完全爲圓瓦當所取代。

　　半瓦當的製法，先用圓瓦當模範成瓦當坯，後在其上用泥條盤築法繞製圓筒形的瓦身，再用手按捺加固，抹平接縫。最後用繩弓或圓刃竹、木刀從中將其切割成兩塊帶半瓦當的筒瓦。由於切割時所用工具不同，切割方法也有差別。從當背所留切割痕蹟分析，切割方法大致有如下三種：一是用繩弓切割，自瓦尾開始縱切，一次便能成就，切面留有細繩勒割痕蹟。一是以刀切割，先切瓦身兩側，後切瓦當，切面光滑，瓦身多未切透，須用手掰開，故有斷痕。一是用刀切割瓦身至當背二厘米處，再用帶細繩的細木條從切口處橫穿，將細繩從另一切口處引出，然後固定細繩一端，另一端在向外拉的同時又往回收，將瓦當一分爲二。上述方法，以第三種最爲常見。

圓瓦當有兩種製法。<u>西漢</u>晚期以前，圓瓦當的製作工序大致與半瓦當相同，衹是切割方法略有差異。切割半瓦當是縱切，將繩往外拉，把瓦當分成兩半。切割圓瓦當則是橫切，將繩向上橫提並往回收，將不帶瓦當的一塊筒瓦切下。用這種方法製作的瓦當背面呈圓盤形，有手指按捺和細繩勒割痕蹟，瓦當比較輕薄，邊輪與當面齊平。<u>西漢</u>晚期及其以後的瓦當是與瓦身分開製作，然後將範好的圓瓦當粘接在已切割好的半圓形筒瓦上。這種瓦當當背不作圓盤狀，當背比較平整，有抹平痕蹟而無手指按捺痕蹟，瓦當比較厚重，邊輪往往高出當面。<u>東漢</u>時期的瓦當，邊輪高凸，輪面高出當面達一厘米左右。

（二）紋　　飾

半瓦當除素面者外，一般都有邊輪。邊輪内有一至二道弦紋，内弦與當底上部一條平直的底弦相連。當面寬十一點五至二十二點四厘米左右。高約面寬之半。<u>戰國</u>時期的半瓦當面積較小，邊輪稍窄。<u>漢代</u>則反之。

素面半瓦當自<u>春秋</u>晚期出現後，一直到<u>漢代</u>仍在使用。

花紋半瓦當的上限因缺乏地層依據，目前尚無法斷定。<u>臨淄</u>不是瓦當的發祥地，不能排除花紋瓦當與素面瓦當同時出現的可能性。花紋半瓦當幾乎都是寫實性的圖像瓦當。構圖絕大部分是以樹木爲母題紋樣，兩側配以相同紋樣組成左右對稱的各種半圓形適合式紋樣。其中有配以圓點、三角點、圓圈紋的樹木饕餮紋瓦當，有裝飾獸類或家畜的樹木雙獸紋瓦當，有裝飾鈎紋的樹木雙鈎紋瓦當，有裝飾人馬的樹木騎紋瓦當和裝飾禽鳥的樹木雙鳥紋瓦當等等。從<u>崖傅莊</u>古井下層出土的半瓦當可以看出，以樹木爲母題紋樣的各種瓦當，如樹木饕餮紋、樹木雙獸紋、樹木雙騎紋、樹木鳥獸紋、樹木雙鈎紋、樹木蜥蝪紋等瓦當均有出土，説明<u>戰國</u>晚期各種樹木紋瓦當已經大量使用。從樹木紋瓦當品種的多樣性和規範性表明，它至少在<u>戰國</u>早中期就已出現。<u>戰國</u>晚期雖然出現了雲紋或其他紋飾的瓦當，但是直到<u>漢代</u>樹木紋瓦當仍居主導地位。至於各種樹木紋瓦當的出現孰先孰後，目前尚無法判斷。從各諸侯國普遍都有饕餮紋瓦當及饕餮紋早已在青銅器中廣泛使用分析，樹木饕餮紋瓦當應比其他樹木紋瓦當出現得早。樹木饕餮紋瓦當似乎存在着從樹木下層樹枝由枝端向下内捲，發展到樹枝向下彎曲，最後變成離開樹榦作抛物綫三角矢狀紋的發展演變過程。

圓瓦當全部是花紋瓦當。它有較寬的邊輪，邊輪内有一至二道外弦。雲紋瓦當的當心位置，往往有一至二道内弦（即同心圓），將當面分爲外區和内圓。當面徑十二至二十一厘米左右。

戰國晚期迺至西漢初期的圓瓦當，中間有兩條與外弦相連的平行雙綫作爲界格，將當面分成上下兩個相等的半圓形空間。紋飾施於這兩個空間内。紋飾多由半瓦當的樹木紋或雲紋組成上下對稱（鏡面對稱）的圓形適合式紋樣。下半部的瓦當紋樣有如上半部瓦當的水中倒影，別具情趣。兩條界格綫實際是製作半瓦當的分割綫。若從兩條界格綫中間將瓦當剖開，便成了兩塊完全相同的半瓦當。這從半瓦當中有與圓瓦當完全相同的瓦當紋飾可證。這種圓瓦當顯然是利用製作半瓦當的印模範成的，是臨淄最早的一種圓瓦當。崖傅莊古井出土的圓瓦當全部是這種雙綫界格瓦當。

秦滅六國，天下一統。受關中和中原的影響，雲紋瓦當得以在臨淄興起和發展。雲紋瓦當逐漸取代了傳統的樹木紋瓦當。瓦當紋樣由寫實變成了寫意，圖像瓦當逐漸被圖案瓦當所代替，臨淄瓦當從而失去了自身固有的特色。大概由於受傳統習慣的影響，臨淄瓦當的這種變化比新興的章丘東平陵城瓦當似乎慢些。從桓公臺第三、四層出土的瓦當表明，西漢中期樹木紋雙界格瓦當依然佔有一定比例。同其他地方的雲紋瓦當一樣，它的結構是以中心爲支點，採用對角綫的方法，使雲紋的形象作了重復、條理的多種變化。其基本圖案由當心及週邊紋飾組成⑯。臨淄雲紋瓦當的發展變化，從結構上可以歸納爲如下三種：一是乳心無界式雲紋瓦當。當心有乳釘狀突起，其外或有内弦。外區紋飾多爲捲雲紋。從連弧捲雲紋、雲草三葉紋等瓦當紋飾中，我們似乎看到了漢代銅鏡對瓦當的影響。二是網心界格式雲紋瓦當。内圓中裝飾方格或斜方格網紋，有單綫或雙綫作爲界格，外區分隔成四個扇形空間，紋飾則施於四個扇形空間内。多以捲雲、羊角形、羊首形雲紋爲飾。三是球心界格式雲紋瓦當。内圓中有半球狀突起，外區也用界格綫分隔成四個扇形空間。紋飾早期多羊角形、羊首形雲紋，晚期則多連雲紋。前兩種流行於西漢早中期，後一種則盛行於西漢中期以後。

（三）文　字

文字瓦當在半瓦當和圓瓦當中均有發現，内容大都是反映人們美好願望的吉祥文字。雖然也有建築類文字瓦當，但爲數甚少。

半瓦當文字有"天齋""千秋"、"千萬"、"延年"等。其中"千秋"、"千萬"、"延年"瓦當應是"千秋萬歲"、"延年益壽"的連句瓦當。這從簠齋藏古目中收録有"千"、"秋"、"萬"、"歲"一字連句瓦當和"秋歲"、"歲秋"二字瓦當文字可知。其所以出現"千萬"、"秋歲"、"歲秋"不通之語，絶非殘缺所致，實是製瓦工匠誤割造成的。製瓦工匠不識字，祇知按單綫或雙綫界格切割，造成誤割在所難免。另外，從本書收録的兩件"千秋"和"千萬"二字半瓦當分析中知道，瓦當切割前，"千秋萬歲"四字的排列是由上而下、自右到左，或由上而下、自左向右，而不是作順時針或逆時針排列。如果割對了，便成"千秋"、"萬歲"兩片半瓦當。否則祇能割成

"千萬"、"秋歲"或"萬千"、"歲秋"二字半瓦當。

關於"天齎"瓦當，各家釋讀不一。羅振玉釋爲"大衡"，關野雄釋爲"大賧"，陳直先生則釋爲"齎天"，並說："或有作天齎者，原文未詳其義"[17]。趙超先生認爲，齎字"文中巿並非行旁，而是由中代替艸的重文省形符號"。所以均當釋作"天齎"。時代屬戰國到西漢早期。並說："天齎"即"天齊"。史記封禪書有"齊所以爲齊，以天齊也。其祀絕莫知起時，八神：一曰天主，祠天齊。天齊淵水，居臨淄南郊山下者"。故天齊瓦當"可能是齊祭天處建築所用之瓦[18]。鑒於臨淄文字瓦當有建築名稱的極少，"天齎"也有可能是吉語類文字。說文："齎，持遺也。"周禮天官掌皮："歲終則會其財齎。"鄭注："予物與人曰齎。"齎和賷可以通假。周禮聘禮："又齎皮馬。"鄭注："齎作賷。"後漢書蔡邕列傳："齎詔申旨。"李賢注："齎猶持也，與賷通。"說文："賷，賜也。"廣雅釋詁："賷，賜與也。"故賷之本義當爲持物與人，有賜與、贈與之義。"天齎"義同"天賜"。

文字圓瓦當，屬吉語類，如"千秋萬歲"、"千秋未央"、"延年益壽"、"永奉無疆"、"千秋萬歲安樂無極"、"吉羊（祥）宜官"等。另有一件二字圓形殘瓦當，也應是"天齎"文字瓦當。

四、樹木饕餮紋瓦當圖像的含義

臨淄的半瓦當圖像中，有許多以樹木爲母題紋樣，裝飾在當面的中央位置，樹榦兩側樹枝兩相對應，下枝或彎曲，或枝端下捲，或離開樹榦作抛物綫狀；其下綴圓點、三角點、圓圈、捲雲紋；樹榦下端則以圓點、三角點、捲雲、梯形、半圓形紋裝飾。由上述紋樣組成的是自然界中的樹木和動物自嘴以上的眉、眼、鼻的面部正視圖像，當底就像張開大口的上顎。它的構成方法與商周青銅禮器上常見的所謂"有首無身"的饕餮紋（或其變形）大同小異。如果把這類圖像瓦當稱之爲樹木饕餮紋或樹木獸面紋瓦當，比以往稱爲樹木雙目紋瓦當也許會更確切些。日本的關野貞先生認爲，用這樣的紋樣裝飾的瓦當圖案，"在結構上，總有點遺留着周代饕餮紋的餘影"。關野雄先生也說："這種紋飾與饕餮紋之間存在某種關係"[19]。以饕餮紋作裝飾的半瓦當，似乎具有普遍意義。不僅齊臨淄有，而且東周雒陽王城、燕下都、秦咸陽等地也有。祇是由於構成瓦當圖像的紋樣有所不同而有差異而已。

器用裝飾圖像固然出於審美的需要，但是裝飾甚麼圖像就不能單純地從審美的角度去尋求答案。瓦當圖像既然是一種裝飾性的美術形式，那麼它必然是一定的政治和經濟在意識形態上的反映。瓦當圖像，包括圖案化了的瓦當文字，一般地說會或直接或間接地、或明或暗地寓意着當時社會的思想意識。在階級社會中，則主要反映起支配作用的統治階級的思想意識，而不是各種紋樣毫無意義的組合。這也是瓦當圖像或圖案之所以不斷演變的根本原因。

那麼，<u>臨淄</u>半瓦當裝飾樹木饕餮紋究竟寓意着甚麼呢？

建築物除了給人以遮風蔽雨、抗寒禦暑外，在古代人們的思想意識中還有驅逐、阻擋有害神靈的侵犯、保護建築物及其主人生命財產安全、趨吉避凶的觀念內涵。當人們還未認識到自身的力量時，認爲要達到這種目的，就必須企求某些神靈的保護與支持。而這些神靈往往就是動物。矇昧時代，人們無法理解一些動物的自然屬性，如鳥的飛翔，牛的力量，虎、熊的兇猛等等，從而產生一種神秘感，並由此引發種種幻想，甚至將它們人格化，進而按照自己的利益和願望賦予它們種種非其本身所能具有的神秘力量和本領，藉它們來達到避凶除禍、消災祛病的目的。這些在今天看來是荒誕可笑的事，在古代甚至現代的一些民族中卻毫不足怪。拾遺記記載，堯時，"有<u>秖支</u>之國，獻重明之鳥。一名雙睛，言雙眼在目。狀如雞，鳴似鳳，時解落毛羽，肉翮而飛。能搏逐猛獸虎狼，使妖災群惡，不能爲害。貽以瓊膏，或一歲數來，或數歲不至。國人莫不掃灑門戶，以望重明之集。其未至之時，國人或刻木，或鑄金，爲此鳥之狀，置於門戶之間，則魑魅醜類，自然退伏。今人每歲元旦，或刻木鑄金，或圖畫，爲雞於牖上，此其遺像也。"周禮夏官記載："方相氏掌蒙熊皮，黃金四目，玄衣朱裳，執戈揚盾，帥百隸而時難，以索室驅疫。"鄭注："蒙，冒也。冒熊皮者，以驚驅疫癘之鬼。"我國西南的一些少數民族，往往在他們居住的建築物上懸掛各種不同的所謂"靈物"。這些靈物或者是武器，或者是工具，但最多的是動物身體的某一部分，常見的便是獸頭骨角。如<u>永寧 納西族</u>人有在正房的門楣上掛熊爪、羊角或虎、熊、鷹畫像的習俗[20]。<u>獨龍族</u>人愛在門前掛牛頭。拉祜族人把熊爪、狐狸嘴懸掛在家族公社的門上。<u>凉山 彝族</u>人則在門上懸掛老鷹[21]。<u>臺灣</u>土著居民的門戶上必安獸頭骨角[22]。據說這些懸掛物具有避邪作用。有了它，各種鬼神就不敢進入，能防止邪惡對人們健康的威脅。上述懸掛物中，既有具體的物象，如牛頭、羊角、熊爪、狐狸嘴、老鷹；也有具象，如虎、熊、鷹的畫像。具象是物象的一種藝術表現形式。饕餮紋瓦當圖像顯然是具象而不是物象，甚至帶有一些抽象性質。如果揭去覆蓋在饕餮紋瓦當圖像上的藝術面紗，還其廬山真面目，那麼展現在人們面前的不是那些懸掛着"靈物"——獸頭骨角，還又能是別的甚麼呢？在屋檐瓦當裝飾饕餮圖像，它的作用同在門戶上安放獸頭骨角一樣，人們首先領悟的不是它的自然屬性，而是它的克敵致勝、避邪除禍、消災祛病的觀念內涵，然後才是它美化建築物的裝飾價值。兩漢時期有一種"四神"瓦當。"四神"是指青龍、白虎、朱雀、玄武四方之神。除青龍外，其餘的三神都是自然界中實有的動物。當人們無法理解"如鳥之翔，如蛇之毒，龍騰虎奮"的自然屬性時，認爲有害之神"無能敵此四物"[23]。龍虎又是"猛神"，"天之正鬼"，建築物中安置它們，飛尸流兇就不敢妄集。猶主人勇猛，姦客不敢窺探一樣[24]。可見用青龍、白虎、朱雀、玄武四種圖像來裝飾瓦當，起着保衛主人、鎮攝邪惡的作用，也是瓦當裝飾饕餮圖像的最好注脚。<u>漢代</u>的羊首形雲紋、羊角形雲紋和連雲紋，很難說不是羊角和羊首的變形紋飾。<u>漢代</u>畫像石墓的門楣和畫像石上就常裝飾羊首紋。它的緣起同人間門户上安放獸頭骨角或戰國時的饕餮紋瓦當有一定的聯係。人們通常把這種紋樣稱爲"吉羊（祥）紋"，除了羊和祥是諧音外，裝飾羊首紋能避邪厭勝，可以求得吉祥，也是重要原因之一。

人類進入文明時代，就不免會打上階級的烙印。它的内涵與外在表現形式都會發生變化，浸透統治階級的意識，用來作爲統治人們的精神枷鎖。因此，有人説"它一方面是恐怖的化身，另方面又是保護的神祇。它對異氏族、部落是威懼恐嚇的符號，對本氏族、部落則又具有保護的神力。這種雙重性的宗教觀念、情感和想象便凝聚在此怪異獰厲的形象之中"。"人在這裡確乎毫無地位和力量，有地位的是這種神秘化的動物變形，它威嚇、吞食、壓制、踐踏着人的身心"㉕。

臨淄半瓦當裝飾樹木圖像又寓意着甚麽呢？

筆者認爲它應是標識境界的封樹。我們知道封和樹都是古代人們標識境界的一種方法。前者指的是在境界上修築土臺，後者指的是境界上栽的樹。修築土臺，取土成溝，而樹又往往栽在土臺上。因此，在古文獻中，溝與封、溝與樹、封與樹往往連用。周禮地官載封人的職責，就是"掌詔王之社壝，爲畿封而樹之。凡封國設其社稷之壝，封其四疆。造都邑之封域亦如之"。鄭注："畿上有封，若今時界矣"。賈疏："爲畿封而樹之者，謂王之國外四面五百里各置畿限，畿上皆爲溝塹，其土在外而爲封，又樹木而爲阻固"。據周禮地官遂人載，當時的鄰、里、酇、鄙、縣、遂，"皆有地域溝樹之"。賈疏曰："據地境界四邊營域爲溝，溝上而樹之也"。可見，溝、封、樹三者都起着標識境界、阻止他人進入的作用。

郭沫若先生認爲："古之畿封實以樹爲之"，"起土築界猶是後起之事"。"封之初字即丰，周金中有'康侯丯作寶鼎'即武王之弟之康叔封。即許書訓屮盛丰丰之丰與'古文封省'之丰"。"丰即以林木爲界之象形。丰迺形聲字，從土，丰聲，從土即起土界之意矣"㉖。臨淄半瓦當圖像中的樹木紋樣與甲骨文中的封字近似，所異者樹枝之繁簡，下枝作捲曲狀。當然臨淄半瓦當圖像中的樹木紋不是一種文字，但它們表示的應該是聚土爲封以及在封上栽樹的封、樹的象形。有一樹木雙獸紋半圓形瓦當，描繪樹下兩隻動物，前脚踩在半圓形土臺上，抬頭覓食栽在土臺上樹木枝葉的形態。這土臺就是封。因此，臨淄半圓形瓦當圖像中樹幹下的圓點、三角點、捲雲、梯形、半圓形等不同紋樣亦當是聚土爲封的土臺。樹木則栽在各種不同形狀的土臺上。瓦當用於建築物的檐際或外牆，位於建築物的最外沿。瓦當裝飾樹木紋，自然含有標明境界之義，有阻擋外來邪惡不得越此界限的觀念内涵。

正像拉祜族人把熊爪和狐狸看作是勇敢和靈敏的象徵一樣，一些較抽象的觀念，也是書面化、符號化了的物象及其組合來構成暗示的。樹木饕餮紋半瓦當中的樹木紋與饕餮紋，不是毫無意義的組合。它們的組合應當表示：這是我們的領域，任何邪惡不得進入，否則我們的保護之神將進行反擊，以保護建築物和其主人生命財産的安全。因此建築物裝飾樹木饕餮紋瓦當有避邪厭勝、以求吉祥的觀念内涵。

五、臨淄瓦當的藝術特色

"晚世之時，七國異族，諸侯制法，各殊習俗"㉗。由於各國各民族的文化淵源不同，有着不同的民族風俗和審美意識，所以瓦當在向外傳播的過程中，在不同國家不同民族不同文化的影響下，除了因實用需要保留了瓦當形制不變之外，紋飾的題材内容和表現形式等方面都發生了適應當地文化的變化，從而使各國瓦當無不各具特色。臨淄瓦當亦不例外。

（一）題材内容

題材廣泛是臨淄瓦當的一大特色。樹木、家畜、飛禽、走獸、太陽、流雲、人物、文字等等，無不成爲臨淄瓦當紋飾題材。在瓦當畫面的構成中，大都是以樹木作爲母題紋樣，裝飾在當面中央的突出位置，成爲不變性題材，左右兩側配以其他紋樣，組成一幅幅不同的完整畫面，構成臨淄瓦當獨有的特點。

值得注意的是，臨淄的工匠們立足於現實，運用各種嫻熟的技巧，在小小的瓦當畫面中，去反映和表現現實生活，藉以抒發自己的情懷，表達自己的願望。把人物和人們所豢養的家畜與自然景物，通過巧妙的構思，有機地將它們結合在一起，構成完整的畫面，形成了別國瓦當所没有的内容。無論是披盔戴甲、威武雄壯的騎士，站立馬背作馬技表演的藝人，還是雛鳥待哺、宿鳥歸林，無不是大自然和現實生活的寫照，富有濃厚的生活氣息。特別是大樹下用繩拴着的馬、牛、驢等各種家畜的畫面，自然會引發人們對其附近必有小小農舍的聯想。所有這些，可以説在某種程度上反映了當時的人們在擺脱了奴隸制枷鎖、獲得了相對的人身自由之後，對生活的熱愛和美好憧憬，給人們以健康向上的美的感受。

（二）表現形式

臨淄瓦當在圖案結構上，運用了我國傳統的對稱手法。它的結構特點是"同形等量"，即以中軸綫或以中心點爲對稱軸，向左右、上下、四方配置形狀相同、大小分量相等的紋飾，構成綫對稱或點對稱圖案。樹木紋瓦當，不論是半瓦當還是圓瓦當多是綫對稱圖案，雲紋瓦當則以點對稱圖案居多。綫對稱圖案給人以平穩、冷静、莊重的感覺，而點對稱（亦稱放射或旋轉式）圖案則具有較強的動感和節奏感。

但是對稱並不是構成臨淄瓦當的惟一法則，部分樹木紋半瓦當採用了均衡的格式。在對稱綫樹木兩側配置等形而不等量、對等而不對稱的紋飾。一側是騎，另一側是人；一側是獸或是鳥，是寫實是圖像，而另一側是寫意的抽象概念。均衡同對稱一樣可以使人產生穩定、安全、平靜的心理和生理反應，但與對稱比較，均衡具有較強的運動感。合理地運用均衡使畫面顯得生動、活潑。

臨淄瓦當對形象的刻畫採用了高度概括的手法，祇講究大的動勢和基本形態，删削了一切不必要的細節，用綫和點作為主要的表現技法，使瓦當圖像或圖案具有遠視醒目的效果。一棵大樹就是通過綫的變化來表現的。這些或曲或直、或斜或折的綫條，經過工匠們有意識的組織變得疏密有緻，組成弧形、華蓋形、三角形、V形、W形等各種不同形狀的樹冠。有的祇有樹枝數根，有的則是枝繁葉茂。但是不管如何變化，都没有脱離樹木的基本特徵。饕餮也祇是用綫和點來表示眉、眼、鼻，使人一望而知是動物面部的正視形象。那些野獸、家畜、騎士，從最容易表現動物體態的正側面角度，用影繪法經過適當的剪裁和藝術加工，生動地顯示了對象的形體特徵。

工匠們運用寫實手法，以寫生對象為主，抓住對象的結構、特徵和瞬間的動態。適當使用誇張的技法，在刻畫對象外在形態的同時又注意了神態的刻畫。如龍紋圖像瓦當為龍的正側面圖像，曲膝揚尾，彎腰拱背，脊毛聳立，微揚的龍首，張口怒目，顯示一副欲攻還守、蓄勢欲搏的緊張神態，刻畫得維妙維肖。馬紋瓦當用了近乎淺浮雕的技法，塑造了一匹膘肥體壯、身軀雄健的駿馬。滾圓的臀部，較細的腿，輪廓規整而圓潤，繮絡鞍具齊備，手法細膩，它不是用强烈的動作，而是用佇立、静止的體態表現了馬的内在氣勢和力量。又如試圖挣脱繮繩的牲口，前脚挣，重心後移，扭動腦袋用力後拉，把脖子拉長變細了。騎紋瓦當，有的安祥緩步，有的馳騁跳躍，莫不神采奕奕。而鼓動雙翅、同聲相求的雙鳥，更是栩栩如生。工匠們對上述形象的刻畫不但傳其形，而且傳其神，把傳形與傳神有機地結合起來，做到了形神兼備，顯示出高超的表現能力。這是工匠們對所描繪的形象進行深入細微的觀察、體驗和研究的結果。

漢代的雲紋瓦當，更多地採用了變形變化的藝術表現形式，根據對象的特點作具有象徵性、寓意性的趣味變形描繪，瓦當圖案由寫實變成了寫意。千變萬化的各種雲紋莫不以綫構成，可説是綫的藝術。雖然雲紋是從寫實形式演化而來，但已不再是簡單的感性的形的再現，而是抽象化了的綫的表現，是一種更高的表現技法。流暢的綫條，顯得明快、洗練，配合放射、旋轉等結構形式，使瓦當畫面具有十分强烈的運動感和節奏感，給人以活潑的美的感受。

瓦當是陶製品，多呈鐵灰或褐灰色，屬於没有色彩傾向的色相，其顏色鮮艷度幾乎等於零，因此色調灰暗。為了增加其鮮艷度，最遲到西漢時期就出現了施彩瓦當。在臨淄瓦當中，無論是半瓦當還是圓瓦當都存在施彩現象。施彩工序於瓦當燒成之後進行。所用色彩多紅色，也有個別用白色。由於瓦當表面粗糙，吸水性强，單純施紅，色彩仍顯暗淡，因此大部分施紅瓦當都在施紅前先以白堊作底色，將其平塗在瓦當上，然後再施紅，保證其鮮艷度。施紅的瓦當色彩明快鮮艷，異常醒目，給人以温暖、熱烈、動感强烈的心理感覺。

臨淄瓦當是臨淄古代勞動人民高度的智慧和非凡的藝術才能的結晶。臨淄瓦當以其特有的内容、新穎的構圖和獨特的藝術風格，成爲齊文化的一個重要組成部分，也是我國古代藝術百花園中一束絢麗的花朵。

注　釋：

①説苑奉使。

②⑧⑪史記齊太公世家。

③史記貨殖列傳。

④國語齊語載：管子"制國以爲二十一鄉"。韋昭注："二千家爲一鄉。二十一鄉，凡四萬二千家。"依李悝所説，每家口數爲五口推算，其在城人口已達二十餘萬人。

⑤戰國策齊策一。

⑥史記齊悼惠王世家。

⑦國語齊語。

⑨晏子春秋内篇諫下。

⑩吕氏春秋驕姿篇。

⑫史記燕昭公世家。

⑬史記項羽本紀。

⑭李格非：過臨淄絶句，明嘉靖青州府志卷六。

⑮參加崔傅莊發掘的係北京大學攷古專業師生。參加桓公臺宮殿建築遺址發掘的有山東省博物館、北京大學和山東大學攷古專業的師生。

⑯陝西省攷古研究所秦漢研究室：新編秦漢瓦當圖録，三秦出版社，一九八六年。

⑰陳直：秦漢瓦當概述，文物，一九六三年第十一期。

⑱趙超：釋"天齊"，攷古，一九八三年第一期。

⑲關野雄：半瓦當之研究，岩波書店，一九五二年。

⑳嚴汝嫻、宋兆麟：永寧納西族的母系制，雲南人民出版社，一九八三年。

㉑宋兆麟：中國原始社會史，文物出版社，一九八三年。

㉒隋書東夷傳。

㉓禮祀曲禮疏引何胤言。

㉔論衡解除篇。

㉕李澤厚：美的歷程，文物出版社，一九八二年。

㉖郭沫若：甲骨文字研究釋封。

㉗淮南子覽冥訓。

圖一　素面半瓦當　戰國
臨淄採集。底徑 11.5 厘米，高 6.2 厘米。山東省文物攷古研究所藏。

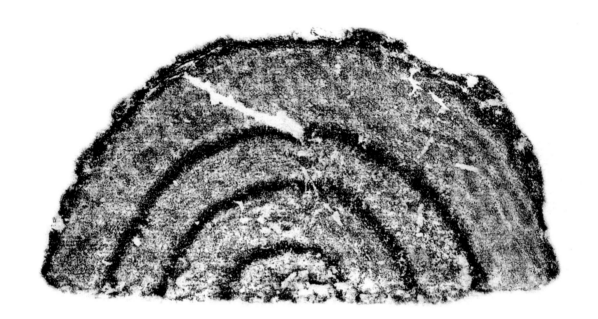

圖二　同心圓紋半瓦當　戰國

一九六五年于家莊 T₅ ②出土。底徑 13.7 厘米，高 6.8 厘米。
山東省文物攷古研究所藏。

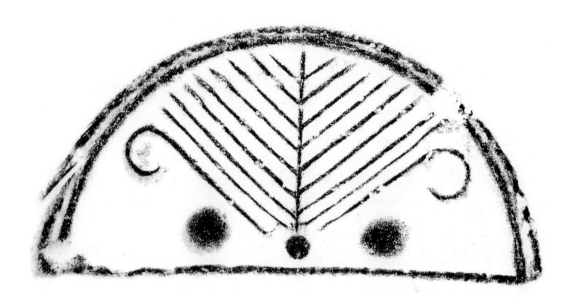

圖三　樹木饕餮紋半瓦當　戰國
臨淄採集。底徑 14 厘米，高 6.7 厘米。青州市博物館藏。

圖四 樹木饕餮紋半瓦當 戰國

一九五八年齊故城採集。底徑 13.5 厘米，高 7.4 厘米。山東省博物館藏。

圖五　樹木饕餮紋半瓦當　戰國
臨淄採集。底徑13.2厘米，高6.6厘米。齊國歷史博物館藏。

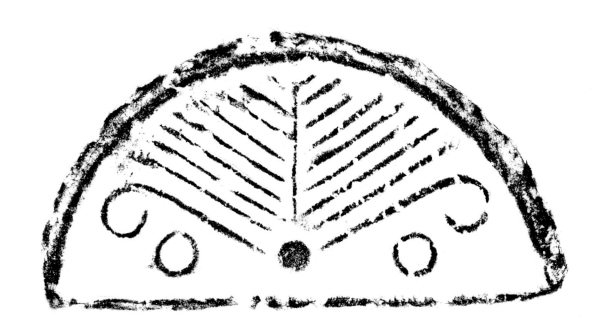

圖六　樹木饕餮紋半瓦當　戰國
一九六五年于家莊 T₅ ②出土。面徑 15 厘米，高 7.4 厘米。山東省文物攷古研究所藏。

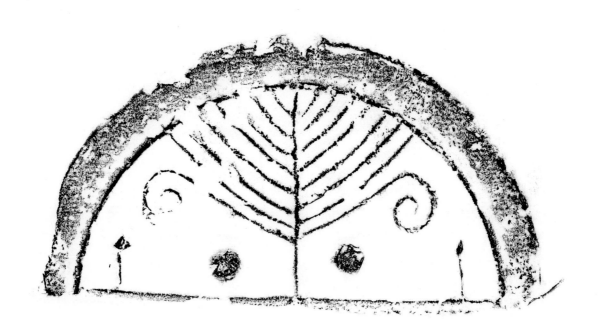

圖七　樹木饕餮紋半瓦當　戰國

齊故城劉家寨採集。底徑 13.7 厘米，高 7.2 厘米。李中昇提
供搨片。

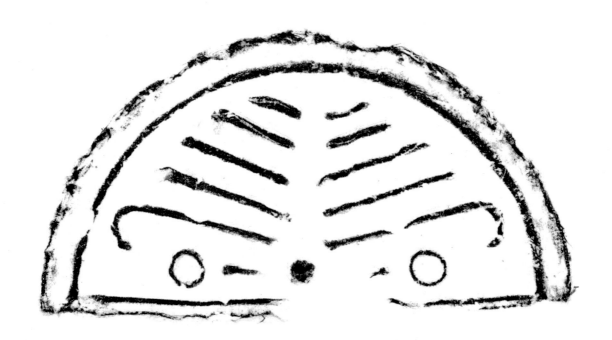

圖八　樹木饕餮紋半瓦當　戰國
齊故城採集。底徑 14.6 厘米，高 7.5 厘米。齊國歷史博物館
藏。

圖九　樹木饕餮紋半瓦當　戰國

齊故城崔家莊採集。底徑 14 厘米，高 7.2 厘米。齊國歷史博物館藏。

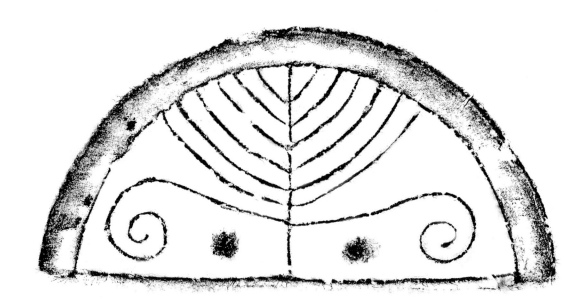

圖一○　樹木饕餮紋半瓦當　戰國
臨淄採集。底徑14.1厘米，高6.8厘米。齊國歷史博物館藏。

圖一一　樹木饕餮紋半瓦當　戰國

臨淄採集。底徑16厘米，高8.4厘米。山東省文物攷古研究所藏。

圖一二　樹木饕餮紋半瓦當　戰國

臨淄採集。底徑 15 厘米，高 7.2 厘米。山東省文物玫古研究
所藏。

圖一三　樹木饕餮紋半瓦當　戰國
臨淄採集。底徑 17 厘米，高 8.7 厘米。齊國歷史博物館藏。

圖一四　樹木饕餮紋半瓦當　戰國
齊故城劉家寨採集。底徑 16.2 厘米，高 8.2 厘米。山東省文
物攷古研究所藏。

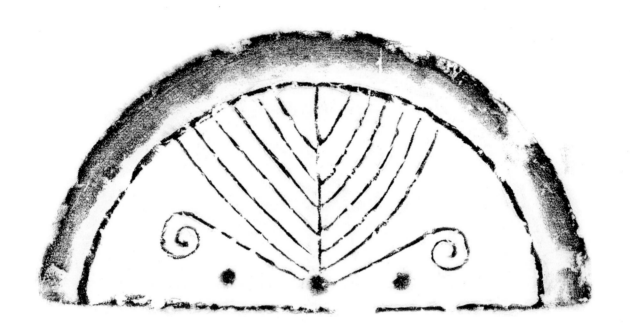

圖一五　樹木饕餮紋半瓦當　戰國

一九六五年崖傅莊 J₁ 下層出土。底徑 19.6 厘米，高 9.7 厘米。
山東省文物攷古研究所藏。

圖一六　樹木饕餮紋半瓦當　戰國

齊故城崔家莊採集。底徑 15.2 厘米，高 7.7 厘米。山東省文物攷古研究所藏。

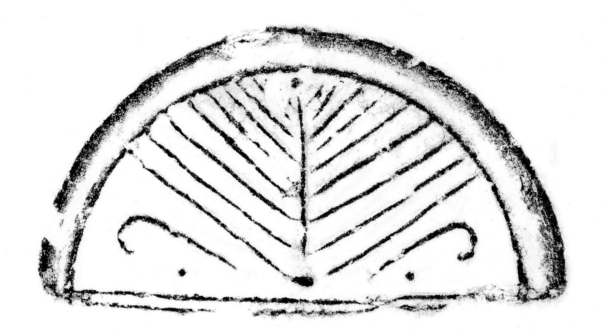

圖一七　樹木饕餮紋半瓦當　戰國
臨淄採集。底徑 14.5 厘米，高 7.7 厘米。青州市博物館藏。

圖一八 樹木饕餮紋半瓦當 戰國

齊故城傅家莊採集。右角殘缺。底徑殘長10厘米，高6.1厘米。山東省文物攷古研究所藏。

圖一九　樹木饕餮紋半瓦當　戰國

齊故城採集。底徑 17.5 厘米，高 9.1 厘米。齊國歷史博物館
藏。

圖二○　樹木饕餮紋半瓦當　戰國
臨淄採集。底徑 15.1 厘米，高 7.8 厘米。山東省文物攷古研
究所藏。

圖二一　樹木饕餮紋半瓦當　戰國
齊故城採集。底徑 14.8 厘米，高 7.1 厘米。山東省博物館藏。

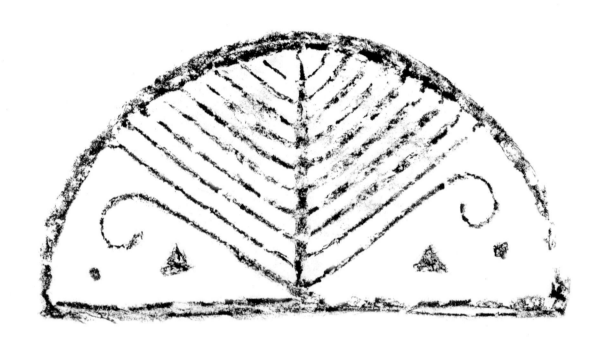

圖二二　樹木饕餮紋半瓦當　戰國

臨淄採集。底徑 14.5 厘米，高 7.5 厘米。山東省文物攷古研究所藏。

圖二三　樹木饕餮紋半瓦當　戰國

臨淄採集。底徑 17 厘米，高 8.5 厘米。齊國歷史博物館藏。

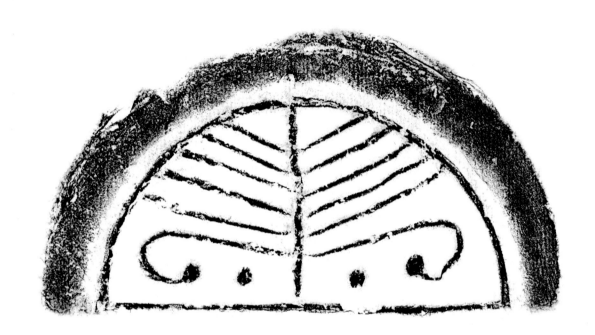

圖二四　樹木饕餮紋半瓦當　戰國

一九六五年崖傅莊 J₁ 下層出土。底徑 16.2 厘米，高 8.6 厘米。
山東省文物攷古研究所藏。

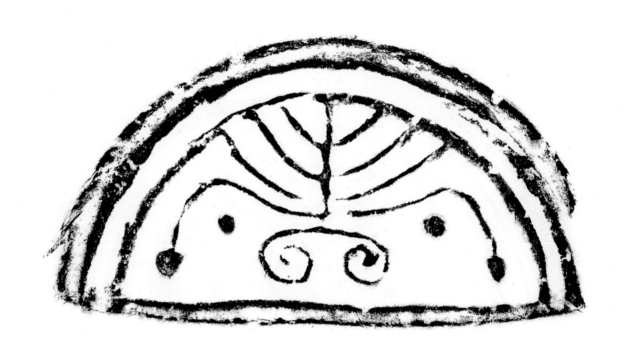

圖二五　樹木饕餮紋半瓦當　戰國
臨淄採集。底徑 15 厘米，高 7.6 厘米。齊國歷史博物館藏。

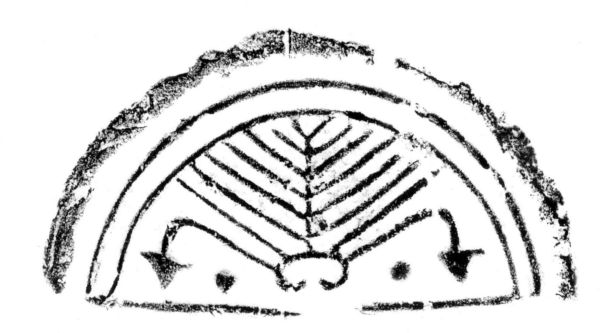

圖二六　樹木饕餮紋半瓦當　戰國

臨淄採集。底徑 16 厘米，高 8.2 厘米。齊國歷史博物館藏。

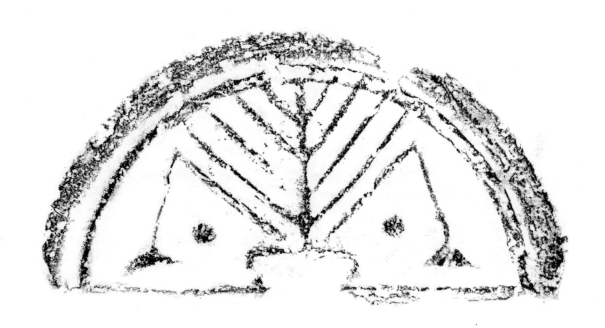

圖二七　樹木饕餮紋半瓦當　戰國

臨淄採集。底徑 14.6 厘米，高 7.2 厘米。山東省文物攷古研
究所藏。

圖二八　樹木饕餮紋半瓦當　戰國

臨淄採集。底徑14.4厘米，高7.3厘米。齊國歷史博物館藏。

圖二九　樹木饕餮紋半瓦當　戰國
一九五八年齊故城採集。底徑約15厘米，高7.4厘米。山東省博物館藏。

圖三〇　樹木饕餮紋半瓦當　戰國
臨淄採集。底徑 14.6 厘米，高 8.3 厘米。青州市博物館藏。

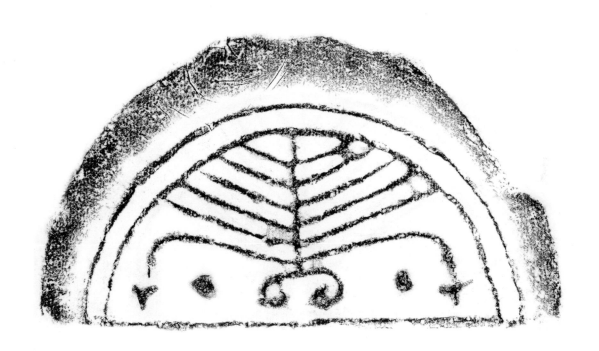

圖三一　樹木饕餮紋半瓦當　戰國
齊故城西石橋村採集。底徑 18.1 厘米，高 10 厘米。齊國歷
史博物館藏。

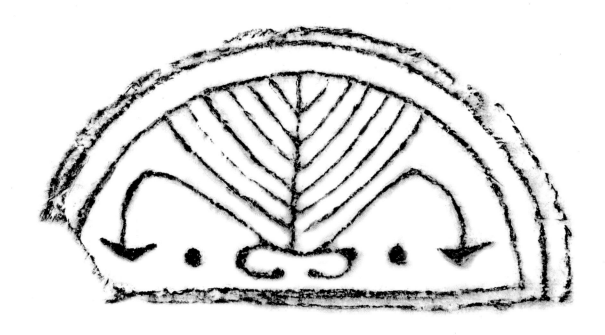

圖三二　樹木饕餮紋半瓦當　戰國

齊故城石佛堂村採集。底徑 15 厘米，高 7.5 厘米。山東省文
物攷古研究所藏。

圖三三　樹木饕餮紋半瓦當　戰國

齊故城河崖頭村採集。底徑 14.5 厘米，高 7.5 厘米。齊國歷史博物館藏。

圖三四 樹木饕餮紋半瓦當 戰國
臨淄採集。底徑約 14.8 厘米，高 7.5 厘米。山東省文物攷古研究所藏。

圖三五　樹木饕餮紋半瓦當　戰國

臨淄採集。底徑約13.6厘米，高約7厘米。山東省文物攷古
研究所藏。

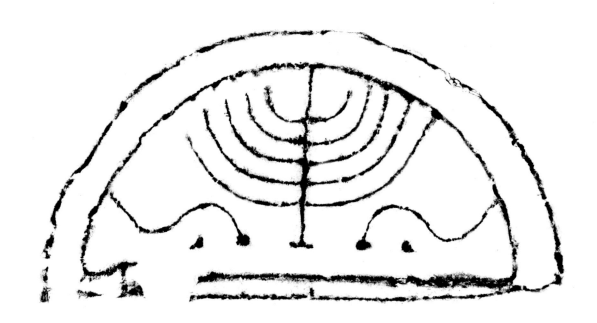

圖三六　樹木饕餮紋半瓦當　戰國
臨淄採集。底徑 15.1 厘米，高 7.6 厘米。山東省文物攷古研
究所藏。

圖三七　樹木饕餮紋半瓦當　戰國

齊故城闞家寨採集。底徑約16厘米，高8厘米。齊國歷史博物館藏。

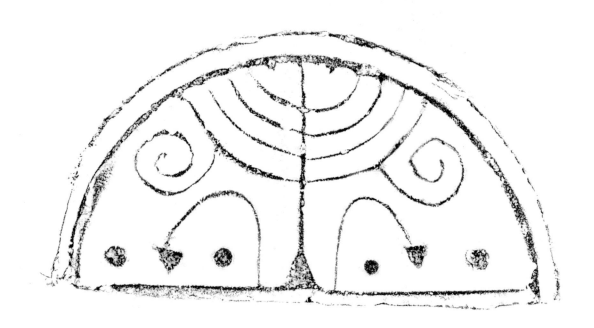

圖三八　樹木饕餮紋半瓦當　戰國

齊故城傅家莊採集。底徑 15.2 厘米，高 7.9 厘米。山東省文
物攷古研究所藏。

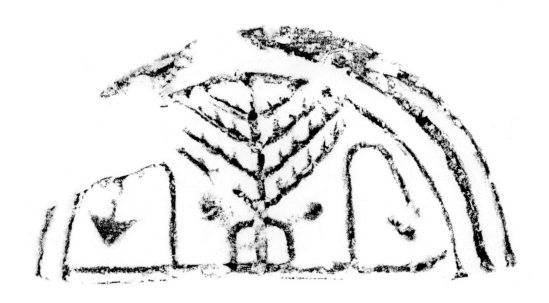

圖三九　樹木饕餮紋半瓦當　戰國
齊故城劉家寨採集。底徑 13.2 厘米，高 6.7 厘米。李中昇提
供搨片。

圖四〇　樹木饕餮紋半瓦當　戰國

一九五八年齊故城採集。底徑 15 厘米，高 7.2 厘米。山東省
博物館藏。

圖四一　樹木饕餮紋半瓦當　戰國

臨淄採集。底徑 14.7 厘米，高 7.5 厘米。山東省文物攷古研
究所藏。

圖四二　樹木饕餮紋半瓦當　戰國

一九八一年齊故城河崖頭村 T$_{103}$ ⑤出土。底徑 14.7 厘米，高
7.2 厘米。山東省文物攷古研究所藏。

圖四三　樹木饕餮紋半瓦當　戰國

臨淄採集。底徑 14.8 厘米，高 7.2 厘米。青州市博物館藏。

圖四四　樹木饕餮紋半瓦當　戰國

臨淄採集。底徑 15 厘米，高 7.4 厘米。齊國歷史博物館藏。

圖四五　樹木饕餮紋半瓦當　戰國
齊故城闞家寨採集。底徑約15厘米，高7.6厘米。齊國歷史
博物館藏。

圖四六　樹木饕餮紋半瓦當　戰國

一九六五年齊故城闞家寨 T_{216} ③出土。底徑 15.1 厘米，高 7.8
厘米。山東省文物攷古研究所藏。

圖四七　樹木饕餮紋半瓦當　戰國

臨淄採集。底徑15.3厘米，高8厘米。山東省文物攷古研究所藏。

圖四八　樹木饕餮紋半瓦當　戰國

齊故城闞家寨採集。底徑約15厘米，高7.7厘米。齊國歷史
博物館藏。

圖四九 樹木饕餮紋半瓦當 戰國

臨淄採集。底徑約 14.2 厘米，高 7.3 厘米。山東省文物攷古
研究所藏。

圖五〇　樹木饕餮紋半瓦當　戰國
臨淄採集。底徑 15.5 厘米，高 7.6 厘米。齊國歷史博物館藏。

圖五一　樹木饕餮紋半瓦當　戰國
齊故城闞家寨採集。底徑 14.2 厘米，高 7.1 厘米。山東省文物攷古研究所藏。

圖五二　樹木饕餮紋半瓦當　戰國
臨淄採集。底徑 16.3 厘米，高 8.1 厘米。齊國歷史博物館藏。

圖五三　樹木饕餮紋半瓦當　戰國
一九七六年齊故城河崖頭村採集。底徑約15厘米，高7.6厘
米。山東省文物攷古研究所藏。

圖五四　樹木饕餮紋半瓦當　戰國

臨淄採集。底徑 14.2 厘米，高 7.3 厘米。山東省文物攷古研究所藏。

圖五五　樹木饕餮紋半瓦當　戰國
臨淄採集。底徑 16.5 厘米，高 8.4 厘米。齊國歷史博物館藏。

圖五六　樹木饕餮紋半瓦當　戰國
臨淄採集。底徑 14.7 厘米，高 7.1 厘米。山東省文物攷古研究所藏。

圖五七　樹木饕餮紋半瓦當　戰國

臨淄採集。底徑約 14.8 厘米，高 7.3 厘米。山東省文物攷古研究所藏。

圖五八　樹木饕餮紋半瓦當　戰國

臨淄採集。底徑 17.8 厘米，高 9 厘米。山東省文物攷古研究
所藏。

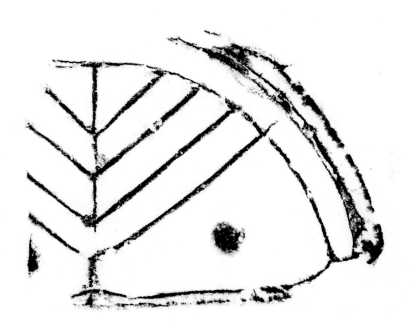

圖五九　樹木饕餮紋半瓦當　戰國

一九五八年齊故城小城 T_{101} ④出土。底徑約 15.4 厘米，高約
7.5 厘米。山東省文物玫古研究所藏。

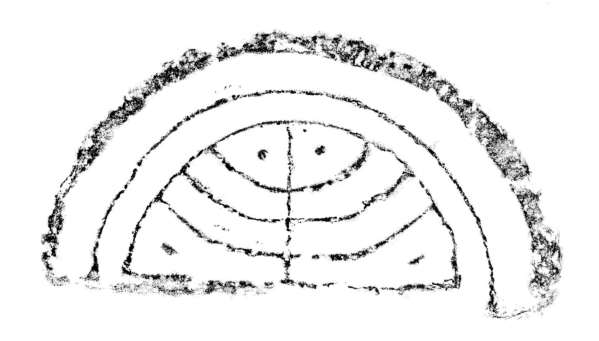

圖六○　樹木饕餮紋半瓦當　戰國
臨淄採集。底徑 15 厘米，高 7.3 厘米。齊國歷史博物館藏。

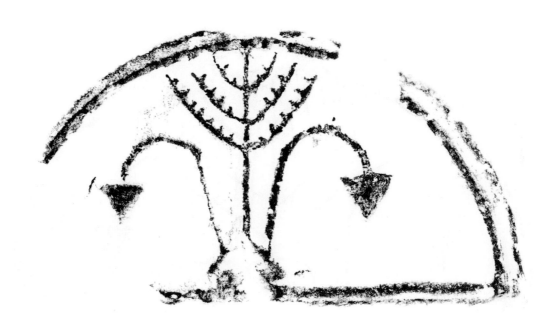

圖六一　樹木饕餮紋半瓦當　戰國

一九六五年齊故城河崖頭村採集。底徑約15厘米，高7.3厘
米。山東省文物攷古研究所藏。

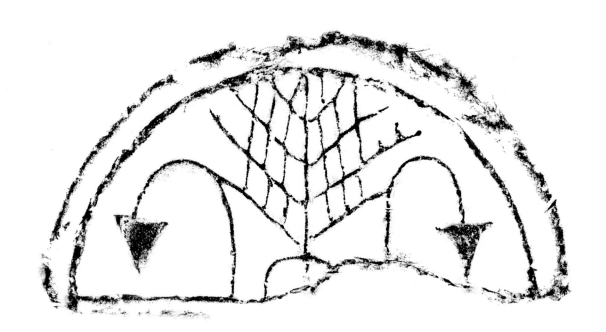

圖六二　樹木饕餮紋半瓦當　戰國

臨淄採集。底徑 15.5 厘米，高 8 厘米。齊國歷史博物館藏。

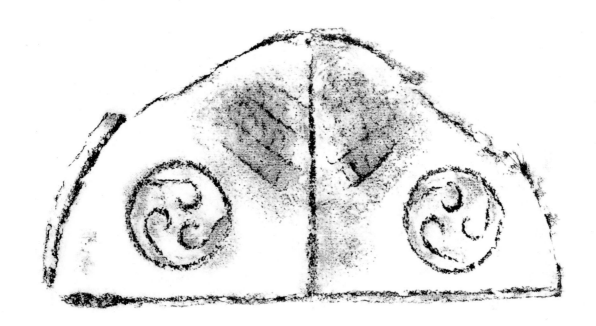

圖六三　樹木饕餮紋半瓦當　戰國
臨淄採集。底徑 14.7 厘米，高 7.6 厘米。山東省文物攷古研
究所藏。

圖六四　樹木饕餮紋半瓦當　戰國

一九六五年齊故城闞家寨 T215 ④出土。底徑 15 厘米，高 7.1
厘米。山東省文物攷古研究所藏。

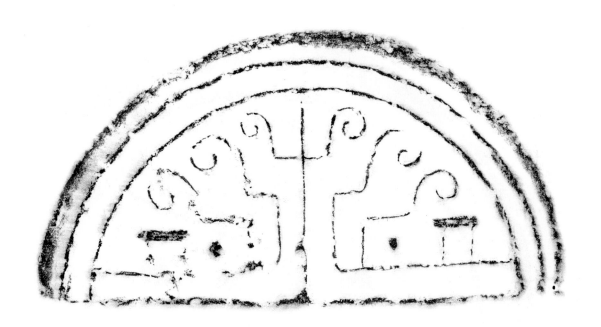

圖六五　樹木饕餮紋半瓦當　戰國
一九六五年崔傅莊 J₁ 下層出土。底徑 18.4 厘米，高 9.3 厘米。
山東省文物攷古研究所藏。

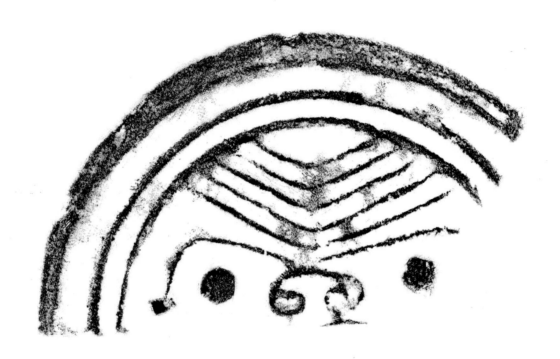

圖六六　樹木饕餮紋半瓦當　戰國
臨淄採集。底徑約15厘米，高約8厘米。張龍海提供搨片。

圖六七　樹木饕餮紋半瓦當　戰國

臨淄採集。底徑約13.9厘米，高7.1厘米。張龍海提供搨片。

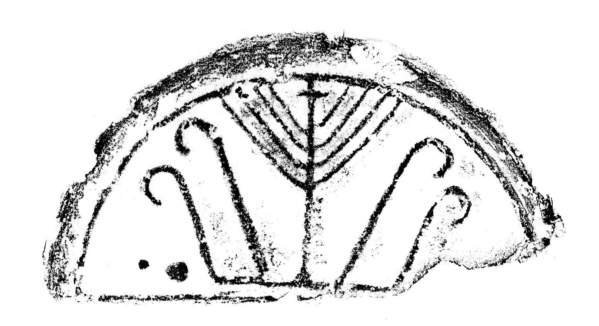

圖六八　樹木饕餮紋半瓦當　戰國
臨淄採集。底徑 15 厘米，高 7.6 厘米。齊國歷史博物館藏。

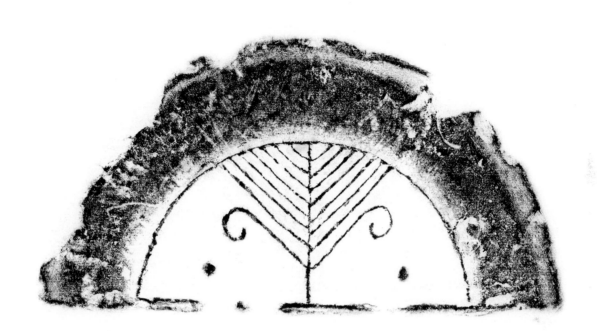

圖六九　樹木饕餮紋半瓦當　漢

一九六五年崖傅莊 J₁ 上層出土。底徑 21.4 厘米，高 11 厘米。
山東省文物攷古研究所藏。

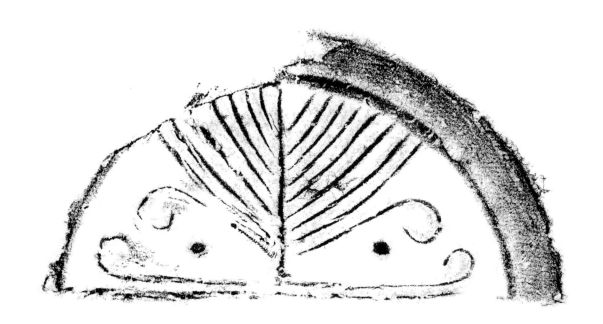

圖七〇　樹木饕餮紋半瓦當　漢

臨淄採集。底徑15.8厘米，高8.4厘米。齊國歷史博物館藏。

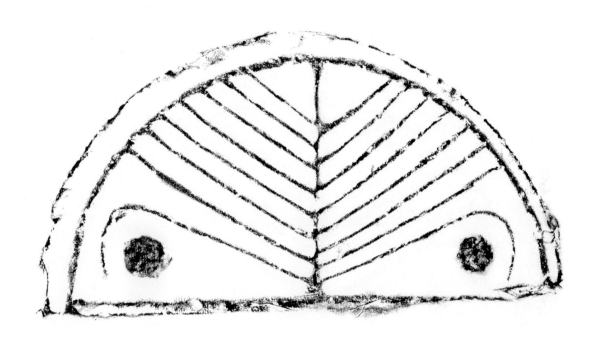

圖七一　樹木饕餮紋半瓦當　漢

一九七六年齊故城桓公臺T22⑤出土。底徑19.6厘米，高10.2
厘米。山東省文物攷古研究所藏。

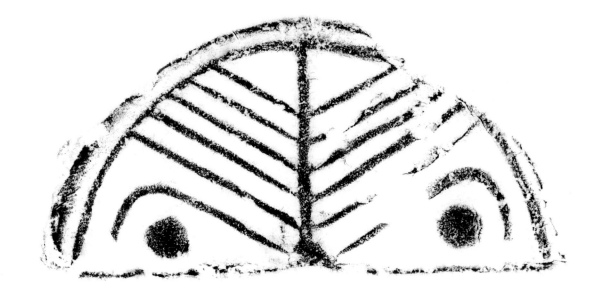

圖七二　樹木饕餮紋半瓦當　漢
臨淄採集。底徑 16.5 厘米，高 7.7 厘米。山東省文物攷古研
究所藏。

圖七三　樹木饕餮紋半瓦當　漢

齊故城採集。底徑 15.7 厘米，高 7.6 厘米。山東省文物攷古
研究所藏。

圖七四　樹木饕餮紋半瓦當　漢

齊故城採集。底徑 14.6 厘米，高 7 厘米。山東省文物攷古研
究所藏。

圖七五　樹木饕餮紋半瓦當　漢

臨淄採集。底徑18厘米，高8.5厘米。山東省文物攷古研究所藏。

圖七六　樹木饕餮紋半瓦當　漢
臨淄採集。當面塗堊後又塗朱。底徑 15 厘米，高 7.4 厘米。
山東省文物攷古研究所藏。

圖七七　樹木饕餮紋半瓦當　漢
安平城採集。底徑 16.5 厘米，高 8.2 厘米。山東省文物攷古研究所藏。

圖七八　樹木饕餮紋半瓦當　漢

齊故城傅家村採集。底徑 14.5 厘米，高 7.3 厘米。山東省文
物攷古研究所藏。

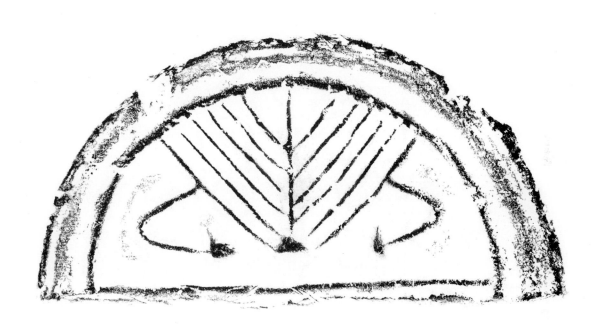

圖七九　樹木饕餮紋半瓦當　漢

一九七六年齊故城桓公臺 T$_{62}$② 出土。底徑 17.4 厘米，高 8.7
厘米。山東省文物攷古研究所藏。

圖八〇　樹木饕餮紋半瓦當　漢

齊故城長胡村採集。底徑 15 厘米，高 7.4 厘米。山東省文物
攷古研究所藏。

圖八一　樹木饕餮紋半瓦當　漢

齊故城採集。底徑 18.5 厘米，高 9.8 厘米。山東省文物攷古
研究所藏。

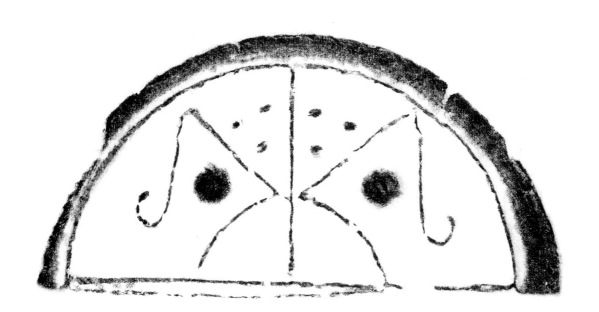

圖八二　樹木饕餮紋半瓦當　漢

一九七六年齊故城桓公臺 T24 ③出土。底徑 20.4 厘米，高 10
厘米。山東省文物攷古研究所藏。

圖八三　樹木饕餮紋半瓦當　漢

一九七六年齊故城桓公臺 T₇₃⑤出土。底徑 17.2 厘米，高 8.7
厘米。山東省文物攷古研究所藏。

圖八四　樹木饕餮紋半瓦當　漢

臨淄採集。塗堊後又塗朱。底徑 15.5 厘米，高 7.7 厘米。山東省文物攷古研究所藏。

圖八五　樹木饕餮紋半瓦當　漢

齊故城蔣王村採集。底徑 17.1 厘米，高 8.6 厘米。齊國歷史
博物館藏。

圖八六 樹木饕餮紋半瓦當 漢

齊故城蔣王村採集。底徑 15.3 厘米，高 7.7 厘米。王壽益提
供撮片。

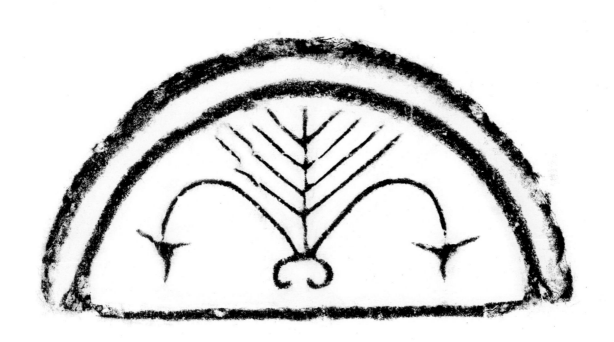

圖八七　樹木饕餮紋半瓦當　漢

一九七六年齊故城桓公臺 T₁₇ ④出土。底徑 14.2 厘米，高 7.4
厘米。山東省文物攷古研究所藏。

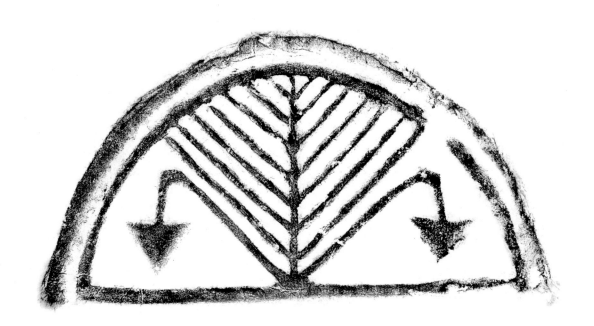

圖八八　樹木饕餮紋半瓦當　漢

齊故城採集。底徑 19.7 厘米，高 10 厘米。山東省文物攷古
研究所藏。

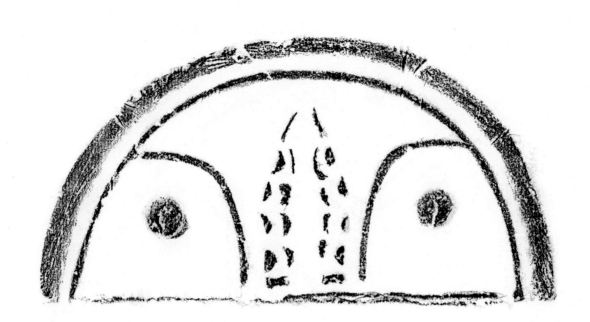

圖八九　饕餮紋半瓦當　漢

一九七六年齊故城桓公臺 T_{16g} ②出土。底徑18.8厘米，高9.3
厘米。山東省文物攷古研究所藏。

圖九〇　樹木饕餮雙鉤紋半瓦當　漢

臨淄採集。底徑約 18.2 厘米，高約 9.3 厘米。齊國歷史博物館藏。

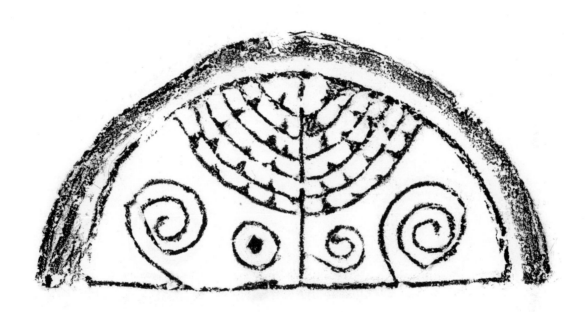

圖九一　樹木饕餮雲紋半瓦當　漢

齊故城崔家莊採集。底徑 15.5 厘米，高 7.5 厘米。齊國歷史
博物館藏。

圖九二　樹木饕餮雲紋半瓦當　漢
臨淄採集。底徑 15.5 厘米，高 7.4 厘米。山東省文物攷古研
究所藏。

圖九三　樹木饕餮雲紋半瓦當　漢
臨淄採集。底徑15厘米，高7厘米。山東省文物攷古研究所
藏。

圖九四　樹木饕餮雲紋半瓦當　漢
一九五八年齊故城採集。底徑 16 厘米，高 7.7 厘米。山東省
博物館藏。

圖九五　樹木饕餮雲紋半瓦當　漢

齊故城劉家寨採集。底徑 15.1 厘米，高 8.2 厘米。李中昇提
供攝片。

圖九六　樹木饕餮雲紋半瓦當　漢

臨淄採集。底徑 14.5 厘米，高 7.9 厘米。山東省文物攷古研究所藏。

圖九七　樹木饕餮雲紋半瓦當　漢

臨淄採集。底徑 14.9 厘米，高 7.3 厘米。山東省文物攷古研
究所藏。

圖九八　樹木饕餮雲紋半瓦當　漢

一九七六年齊故城桓公臺T₃₄③出土。底徑16厘米，高8.9厘
米。山東省文物玫古研究所藏。

圖九九　樹木饕餮雲紋半瓦當　漢

一九七六年齊故城桓公臺 H₁₇ 出土。底徑約14.4厘米，高7.7
厘米。山東省文物攷古研究所藏。

圖一○○　樹木饕餮雲紋半瓦當　漢
臨淄採集。底徑 15.4 厘米，高 7.7 厘米。山東省文物攷古研
究所藏。

圖一○一　樹木饕餮方格紋半瓦當　戰國

臨淄採集。底徑約15厘米，高7.6厘米。齊國歷史博物館藏。

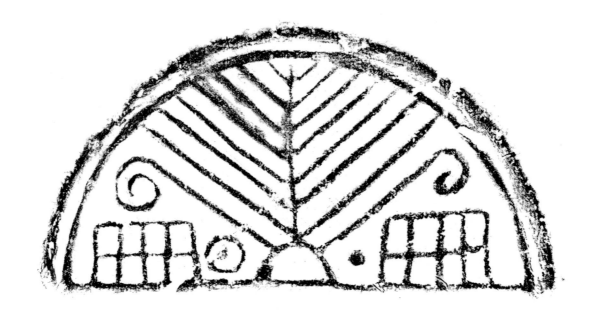

圖一○二　樹木饕餮方格紋半瓦當　戰國
臨淄採集。底徑 14.7 厘米，高 7.3 厘米。齊國歷史博物館藏。

圖一〇三　樹木饕餮方格紋半瓦當　戰國

一九七六年齊故城桓公臺採集。底徑 15 厘米，高 7.2 厘米。
山東省文物攷古研究所藏。

圖一○四　樹木饕餮方格紋半瓦當　戰國
臨淄採集。底徑 14.4 厘米，高 7.2 厘米。山東省文物攷古研
究所藏。

圖一〇五　樹木方格紋半瓦當　戰國

臨淄採集。底徑約13厘米，高6.4厘米。齊國歷史博物館藏。

圖一〇六　樹木方格紋半瓦當　戰國

臨淄採集。底徑 15.7 厘米，高 7.9 厘米。山東省文物攷古研
究所藏。

圖一〇七　樹木方格紋半瓦當　戰國

臨淄採集。底徑約17厘米，高8.6厘米。山東省文物攷古研究所藏。

圖一〇八　樹木方格紋半瓦當　戰國
臨淄採集。底徑約 14.4 厘米，高 7.2 厘米。齊國歷史博物館
藏。

圖一〇九　樹木方格三角紋半瓦當　戰國

一九六五年崖傅莊 J_1 下層出土。底徑 18 厘米，高 9 厘米。山東省文物攷古研究所藏。

圖一一○　樹木雙鈎紋半瓦當　戰國

臨淄採集。底徑 15 厘米，高 7.5 厘米。齊國歷史博物館藏。

圖一一一　樹木雙鈎紋半瓦當　戰國
臨淄採集。底徑 17.5 厘米，高 8.6 厘米。齊國歷史博物館藏。

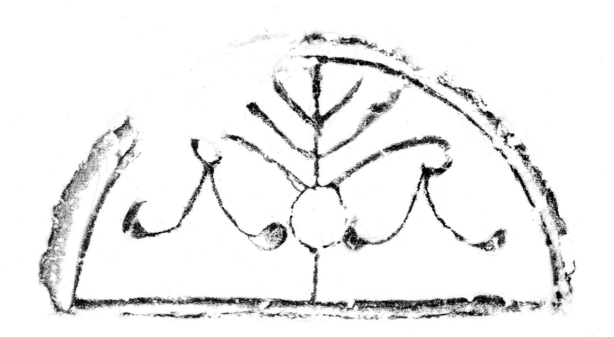

圖一一二　樹木雙鈎紋半瓦當　戰國

臨淄採集。底徑 19.3 厘米，高 9.9 厘米。山東省文物攷古研究所藏。

圖一一三　樹木雙鈎紋半瓦當　戰國

一九六五年崔傅莊 J₁ 下層出土。底徑約 21.6 厘米，高 10.9 厘
米。山東省文物攷古研究所藏。

圖一一四　樹木雙鈎紋半瓦當　戰國

臨淄採集。底徑 14.7 厘米，高 7 厘米。齊國歷史博物館藏。

圖一一五　樹木雙鈎紋半瓦當　戰國
臨淄採集。底徑約 14 厘米，高 7.2 厘米。山東省文物考古研
究所藏。

圖一一六　樹木雙鈎紋半瓦當　戰國
臨淄採集。底徑 14.7 厘米，高 7.9 厘米。山東省文物攷古研
究所藏。

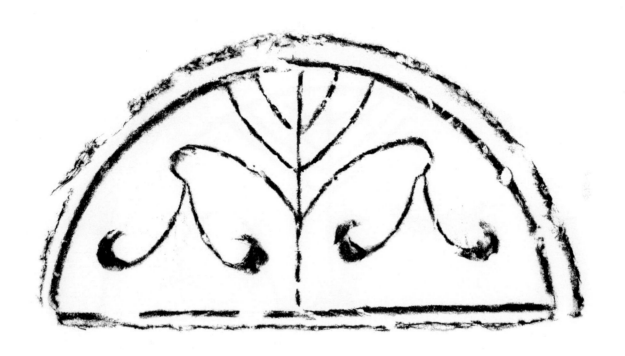

圖一一七　樹木雙鈎紋半瓦當　漢

一九七六年齊故城桓公臺 T_{62} ⑥出土。底徑 19 厘米，高 10 厘米。山東省文物玫古研究所藏。

圖一一八　樹木獨獸紋半瓦當　戰國
齊都鎮冷藏廠採集。底徑 19.5 厘米，高 9.3 厘米。齊國歷史博物館藏。

圖一一九　樹木獨獸雲紋半瓦當　漢
齊故城採集。底徑 15 厘米，高 7.7 厘米。王壽益提供搨片。

圖一二〇　樹木獸紋半瓦當　戰國

臨淄採集。底徑約 16.2 厘米，高 7.6 厘米。齊國歷史博物館藏。

圖一二一　樹木獸紋半瓦當　戰國

臨淄採集。底徑約 17.2 厘米，高 8.5 厘米。山東省文物攷古
研究所藏。

圖一二二　樹木獸紋半瓦當　戰國

臨淄採集。底徑約 14 厘米，高 6.7 厘米。山東省文物攷古
研究所藏。

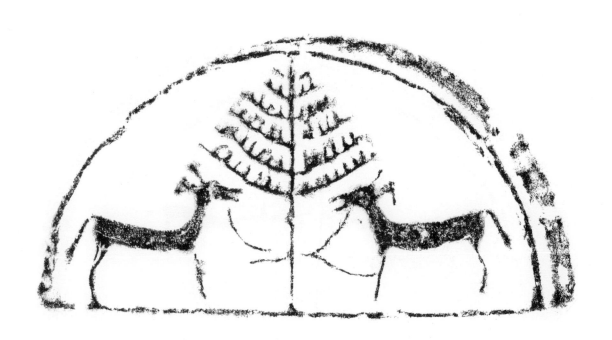

圖一二三　樹木雙獸紋半瓦當　戰國

一九六五年崖傅莊 J₁ 下層出土。底徑 17.4 厘米，高 8.7 厘米。
山東省文物攷古研究所藏。

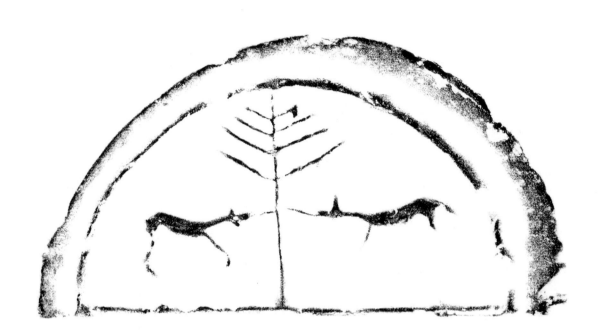

圖一二四　樹木雙獸紋半瓦當　戰國
臨淄採集。底徑 19.9 厘米，高 10.3 厘米。齊國歷史博物館藏。

圖一二五　樹木雙獸紋半瓦當　戰國
齊故城採集。底徑15厘米，高約7.6厘米。山東省博物館藏。

圖一二六　樹木雙獸紋半瓦當　戰國

齊故城河崖頭村採集。底徑約 14 厘米，高 7.3 厘米。山東省
文物攷古研究所藏。

圖一二七　樹木雙獸紋半瓦當　戰國

齊故城採集。底徑約20.5厘米，高10.2厘米。齊國歷史博物
館藏。

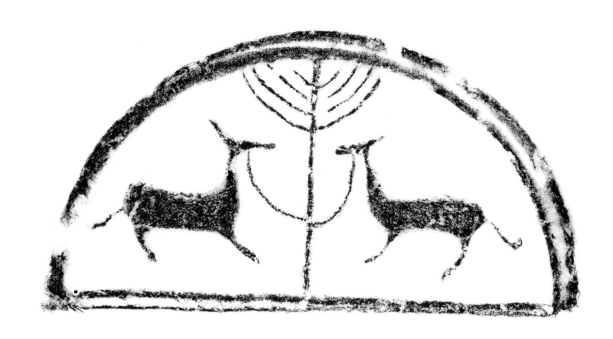

圖一二八　樹木雙獸紋半瓦當　戰國
臨淄採集。底徑 14.7 厘米，高 7.5 厘米。青州市博物館藏。

圖一二九　樹木雙獸紋半瓦當　戰國
褚家莊採集。底徑 17.7 厘米，高 8.8 厘米。山東省文物攷古
研究所藏。

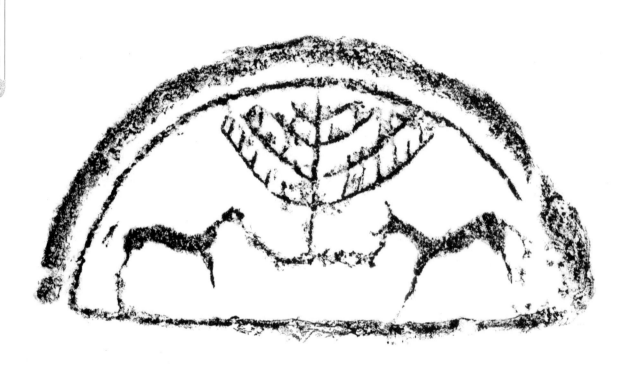

圖一三〇　樹木雙獸紋半瓦當　戰國
臨淄採集。底徑 16.2 厘米，高 8.5 厘米。青州市博物館藏。

圖一三一　樹木雙獸紋半瓦當　戰國

臨淄採集。底徑約16厘米，高8.2厘米。齊國歷史博物館藏。

圖一三二　樹木雙獸紋半瓦當　戰國

臨淄採集。底徑 15.5 厘米，高 7.8 厘米。齊國歷史博物館藏。

圖一三三　樹木雙獸紋半瓦當　戰國

齊都鎮冷藏廠採集。底徑 13.5 厘米，高 7.1 厘米。齊國歷史
博物館藏。

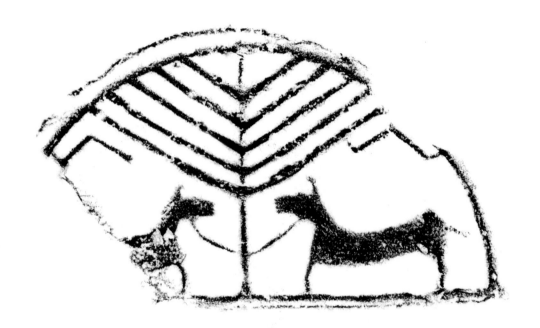

圖一三四　樹木雙獸紋半瓦當　戰國
臨淄採集。底徑約15厘米，高7.4厘米。齊國歷史博物館藏。

圖一三五　樹木雙獸紋半瓦當　戰國
臨淄採集。底徑約16厘米，高7.8厘米。齊國歷史博物館藏。

圖一三六　樹木雙獸紋半瓦當　戰國

一九六五年崖傅莊 J₁ 下層出土。底徑 16 厘米，高 8.2 厘米。
山東省文物攷古研究所藏。

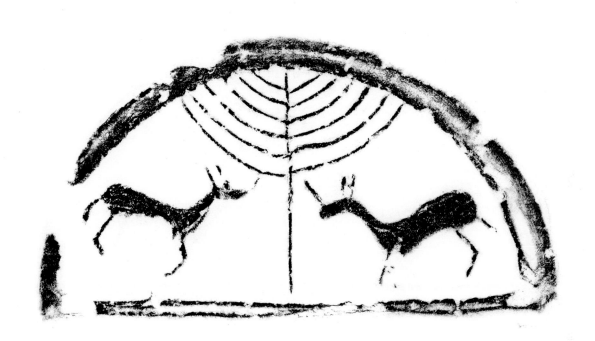

圖一三七　樹木雙獸紋半瓦當　戰國

臨淄採集。底徑 14.3 厘米，高 7.5 厘米。青州市博物館藏。

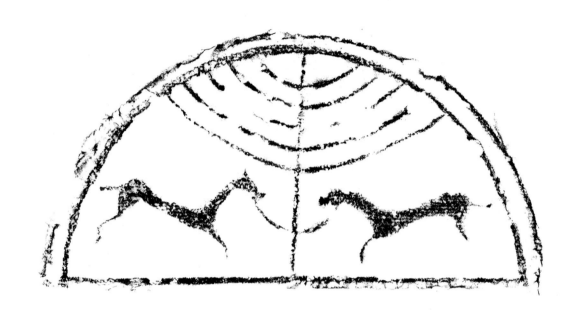

圖一三八　樹木雙獸紋半瓦當　戰國

臨淄採集。底徑 13.7 厘米，高 6.7 厘米。山東省文物攷古
研究所藏。

圖一三九　樹木雙獸紋半瓦當　戰國
臨淄採集。底徑 16.2 厘米，高 8.1 厘米。齊國歷史博物館藏。

圖一四〇　樹木雙獸紋半瓦當　戰國

臨淄採集。底徑 15.3 厘米，高 7.7 厘米。山東省博物館藏。

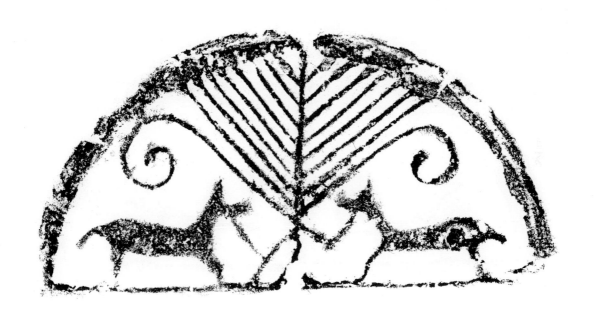

圖一四一　樹木雙獸紋半瓦當　戰國
臨淄採集。底徑 14.5 厘米，高 7 厘米。齊國歷史博物館藏。

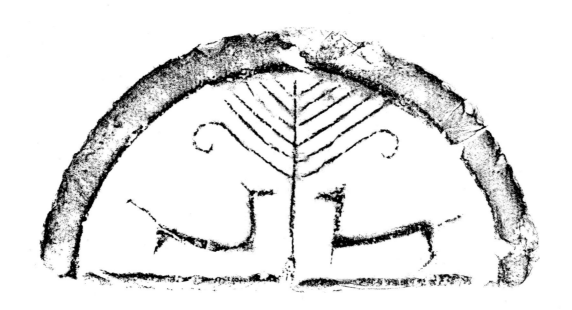

圖一四二　樹木雙獸紋半瓦當　戰國
齊故城齊家寨採集。底徑13.7厘米，高6.9厘米。李中昇提
供攝片。

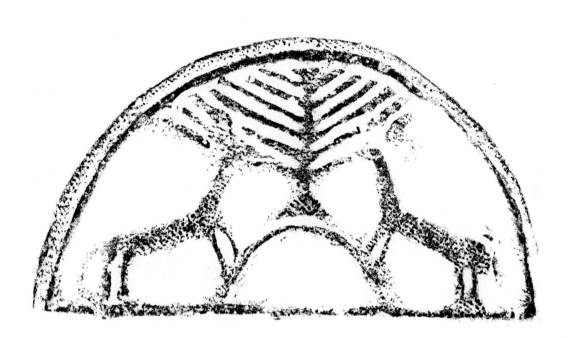

圖一四三　樹木雙獸紋半瓦當　戰國

崔傅莊採集。底徑 14 厘米，高 7.4 厘米。李中昇提供搨片。

圖一四四　樹木雙獸紋半瓦當　戰國

臨淄採集。底徑約14.2厘米，高7.1厘米。山東省文物攷古
研究所藏。

圖一四五　樹木雙獸紋半瓦當　戰國
齊故城劉家寨採集。底徑約 16 厘米，高 7.5 厘米。山東省文
物攷古研究所藏。

圖一四六　樹木雙獸紋半瓦當　戰國

齊故城採集。底徑 14.2 厘米，高 7.1 厘米。齊國歷史博物
館藏。

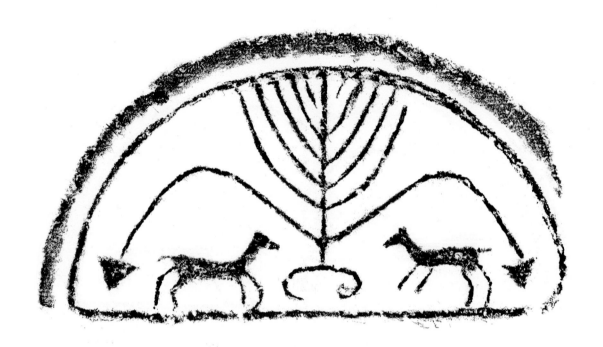

圖一四七　樹木雙獸紋半瓦當　戰國
臨淄採集。底徑15.5厘米，高7.8厘米。齊國歷史博物館藏。

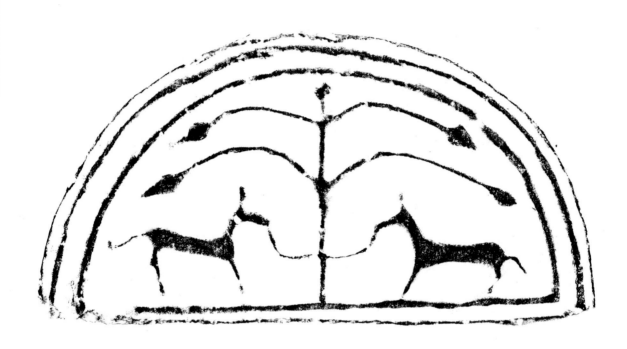

圖一四八　樹木雙獸紋半瓦當　戰國

齊故城河崖頭村採集。底徑 15.7 厘米，高 7.9 厘米。山東省
文物攷古研究所藏。

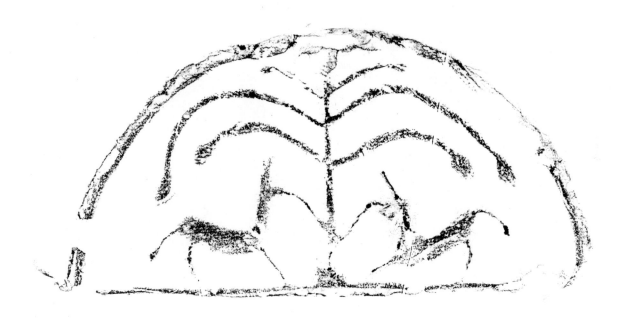

圖一四九　樹木雙獸紋半瓦當　戰國

臨淄採集。底徑 14.7 厘米，高 7.1 厘米。山東省文物攷古研究所藏。

圖一五〇　樹木雙獸紋半瓦當　戰國

齊故城採集。底徑約 14.6 厘米，高約 7.3 厘米。王壽益提供
攝片。

圖一五一　樹木雙獸紋半瓦當　戰國
臨淄採集。底徑 14.5 厘米，高 7.2 厘米。齊國歷史博物館藏。

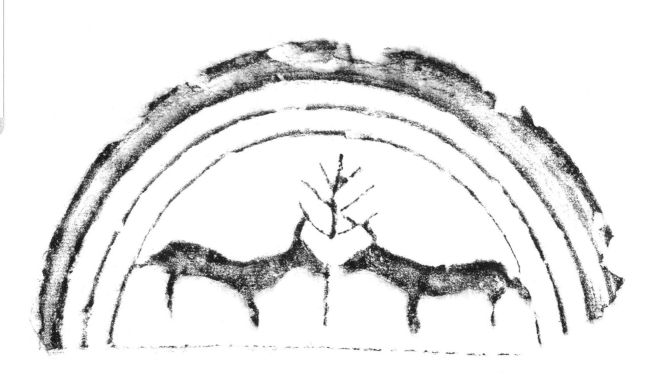

圖一五二　樹木雙獸紋半瓦當　戰國

臨淄採集。獸形似牛。底徑 17 厘米，高 8.6 厘米。齊國歷史
博物館藏。

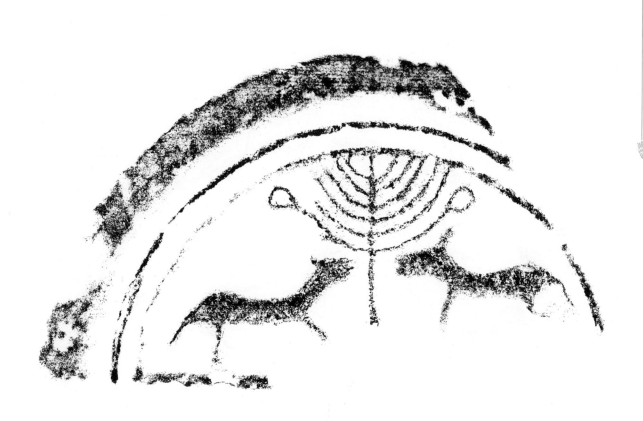

圖一五三　樹木雙獸紋半瓦當　戰國

臨淄採集。底徑約18厘米，高約9.1厘米。山東省文物攷古
研究所藏。

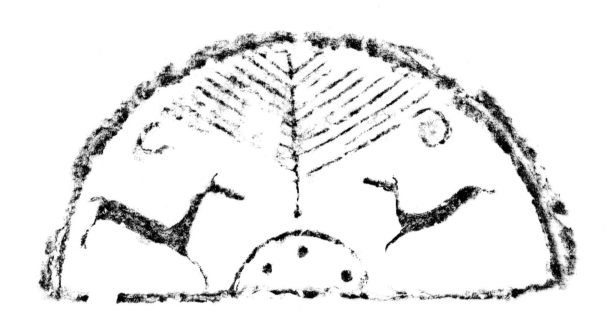

圖一五四　樹木雙獸紋半瓦當　戰國
一九七六年崔傅莊 J₁ 上層出土。底徑 19.2 厘米，高 9.1 厘米。
山東省文物攷古研究所藏。

圖一五五　樹木雙獸紋半瓦當　漢

一九六五年崖傅莊J₁上層出土。底徑21.5厘米，高10.7厘米。
山東省文物攷古研究所藏。

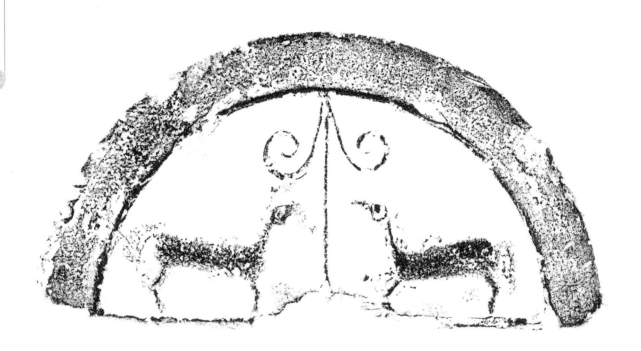

圖一五六　樹木雙獸紋半瓦當　漢
齊故城闞家寨採集。底徑 14.5 厘米，高 7.2 厘米。李中昇提
供搨片。

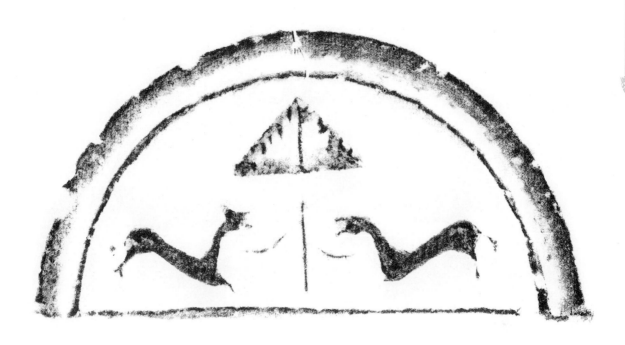

圖一五七　樹木雙獸紋半瓦當　漢
齊故城採集。底徑 16.8 厘米，高 8.2 厘米。山東省文物攷古
研究所藏。

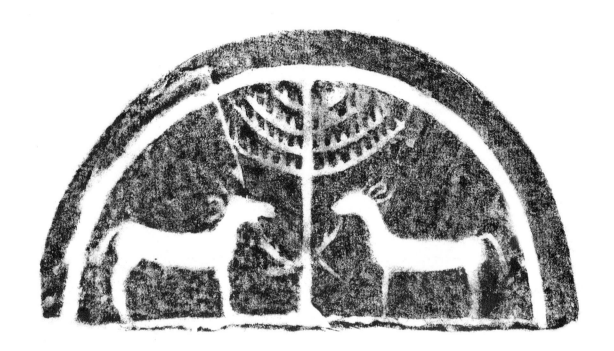

圖一五八　陰刻樹木雙獸紋半瓦當　戰國

臨淄採集。底徑 16.2 厘米，高 8.7 厘米。山東省文物攷古研
究所藏。

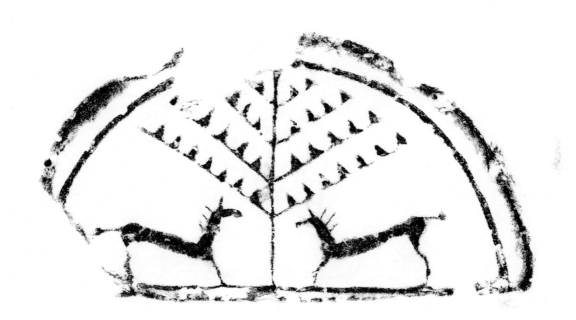

圖一五九　樹木雙馬紋半瓦當　戰國

臨淄採集。底徑 14.6 厘米，高 7.2 厘米。山東省文物攷古研究所藏。

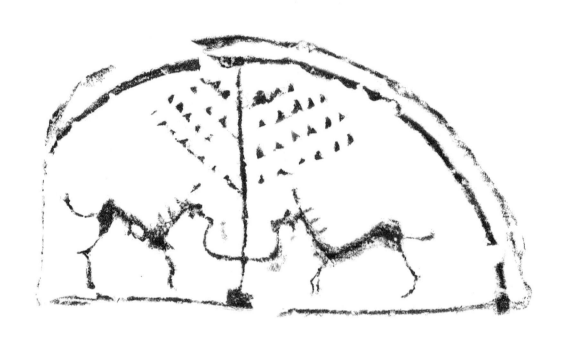

圖一六〇　樹木雙馬紋半瓦當　戰國

一九五八年臨淄採集。底徑約13.8厘米，高6.4厘米。山東
省博物館藏。

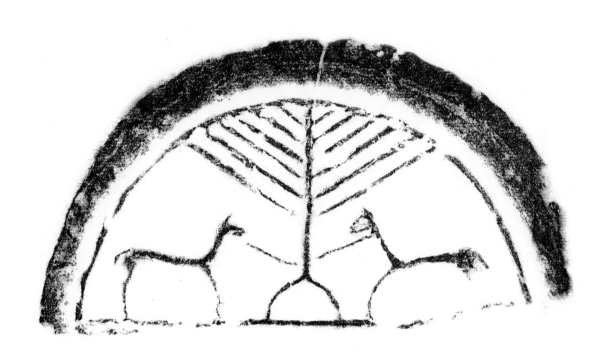

圖一六一　樹木雙驢紋半瓦當　戰國

臨淄採集。底徑18厘米，高9.2厘米。山東省文物攷古研究所藏。

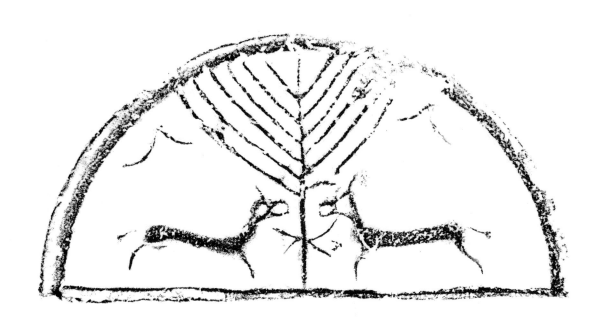

圖一六二　樹木雙驢紋半瓦當　戰國

臨淄採集。底徑 14.4 厘米，高 7.1 厘米。于文德提供搨片。

圖一六三　樹木雙虎紋半瓦當　戰國

齊故城崔家莊採集。底徑 16 厘米，高 7.7 厘米。齊國歷史博
物館藏。

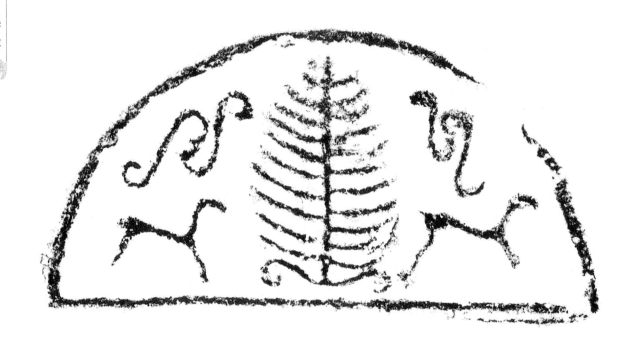

圖一六四　樹木蛇獸紋半瓦當　戰國

臨淄採集。底徑 13.7 厘米，高 6.8 厘米。山東省文物攷古研究所藏。

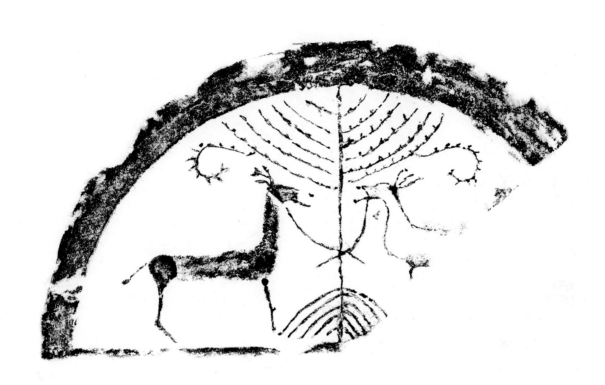

圖一六五　樹木雙鹿紋半瓦當　戰國

一九六五年崖傅莊 J₁ 下層出土。底徑約 18.2 厘米，高 9.4 厘米。山東省文物攷古研究所藏。

圖一六六　樹木雙鹿紋半瓦當　漢
一九六五年崖傅莊 J_1 上層出土。底徑約22厘米，高約11.1厘
米。山東省文物攷古研究所藏。

圖一六七　樹木鳥獸紋半瓦當　戰國

臨淄採集。底徑約 14 厘米，高 7.1 厘米。山東省文物攷古研
究所藏。

圖一六八　樹木鳥獸紋半瓦當　戰國

齊故城劉家寨採集。底徑約 15.2 厘米，高 7.9 厘米。李中昇
提供搨片。

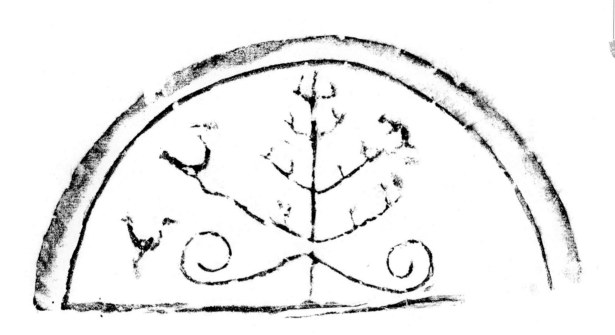

圖一六九　樹木鳥獸紋半瓦當　戰國

一九六五年崖傅莊 J₁ 下層土。底徑 19.5 厘米，高 9.5 厘米。山東省文物攷古研究所藏。

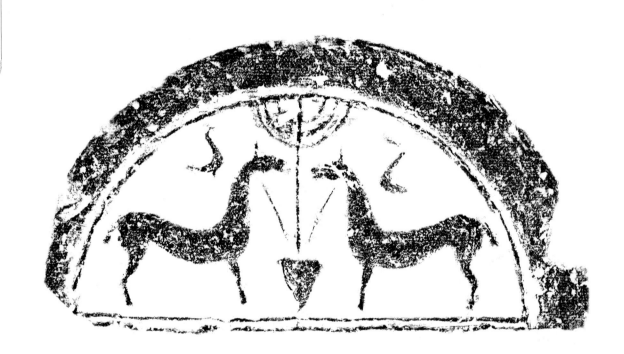

圖一七○　樹木鳥獸紋半瓦當　漢

一九六五年崖傅莊J₁上層出土。底徑22.4厘米，高11.7厘米。
山東省文物攷古研究所藏。

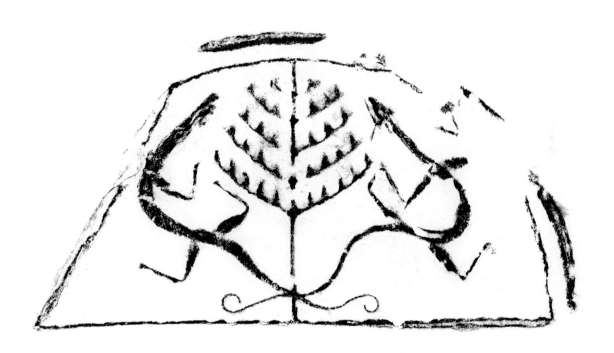

圖一七一　樹木蜥蜴紋半瓦當　戰國

一九六五年于家莊 T_6 ②出土。底徑約18厘米，高9厘米。山東省文物攷古研究所藏。

圖一七二　樹木蜥蜴紋半瓦當　戰國
一九五八年齊故城採集。底徑 13.7 厘米，高 7.3 厘米。山東
省博物館藏。

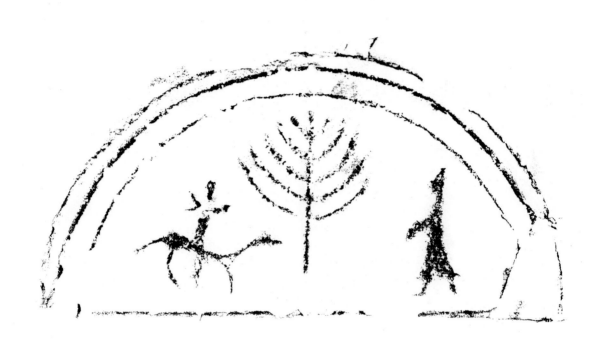

圖一七三 樹木人物單騎紋半瓦當 戰國

齊故城採集。底徑 15.7 厘米，高 7.8 厘米。山東省文物攷古
研究所藏。

圖一七四　樹木騎獸紋半瓦當　戰國

臨淄採集。底徑 17 厘米，高 8.2 厘米。山東省文物攷古研究
所藏。

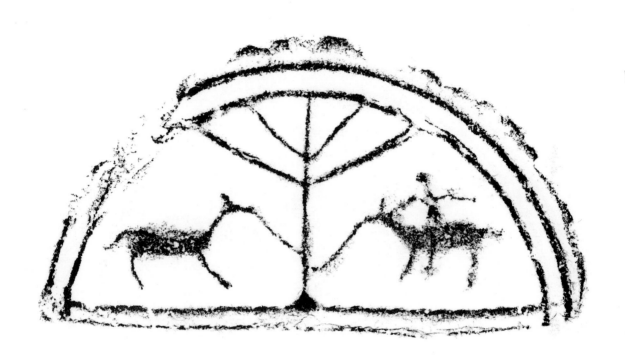

圖一七五　樹木騎獸紋半瓦當　戰國

<u>齊</u>故城<u>河崖頭村</u>採集。底徑 15 厘米，高 7.9 厘米。<u>齊</u>國歷史博物館藏。

圖一七六　樹木騎獸紋半瓦當　戰國
齊故城河崖頭村採集。底徑 15.5 厘米，高 7.5 厘米。齊國歷
史博物館藏。

圖一七七　樹木騎紋半瓦當　戰國
臨淄採集。底徑約14厘米，高7厘米。齊國歷史博物館藏。

圖一七八　樹木騎紋半瓦當　戰國

一九六五年崖傅莊 J₁ 下層出土。底徑約 16.4 厘米，高 7.7 厘
米。山東省文物攷古研究所藏。

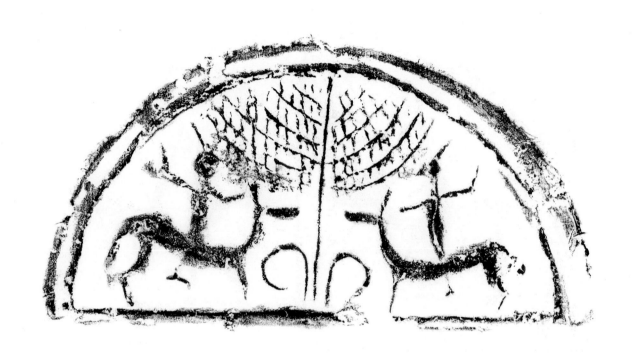

圖一七九　樹木雙騎紋半瓦當　戰國
臨淄採集。底徑 15 厘米, 高 7.6 厘米。山東省文物攷古研究
所藏。

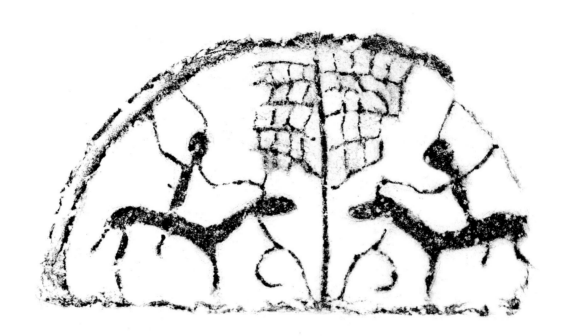

圖一八○　樹木雙騎紋半瓦當　戰國

臨淄採集。底徑約 14 厘米，高 7 厘米。青州市博物館藏。

圖一八一　樹木雙騎紋半瓦當　戰國

臨淄採集。底徑 14 厘米，高 7.7 厘米。山東省文物攷古研究
所藏。

圖一八二　樹木雙騎紋半瓦當　戰國
臨淄採集。底徑約18厘米，高9厘米。山東省文物攷古研究
所藏。

圖一八三　樹木雙騎紋半瓦當　戰國

齊故城採集。底徑15厘米，高7.5厘米。齊國歷史博物館藏。

圖一八四　樹木雙騎紋半瓦當　戰國

齊故城崔家莊採集。底徑 15.7 厘米，高約 7.6 厘米。齊國歷
史博物館藏。

圖一八五　樹木雙騎紋半瓦當　戰國

齊故城採集。底徑 15.3 厘米，高 7.9 厘米。山東省文物攷古
研究所藏。

圖一八六　樹木雙騎紋半瓦當　戰國
臨淄採集。底徑約 16 厘米，高約 7.6 厘米。齊國歷史博物館
藏。

圖一八七 樹木雙鶴紋半瓦當 戰國

安平城採集。底徑約 14.3 厘米，高 7.4 厘米。齊國歷史博物館藏。

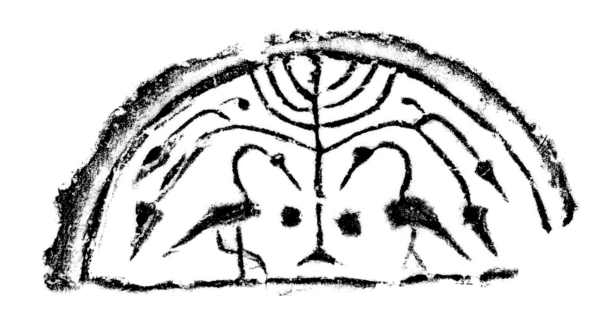

圖一八八　樹木饕餮雙鶴紋半瓦當　戰國

安平城採集。底徑約15.2厘米，高7.5厘米。齊國歷史博物館藏。

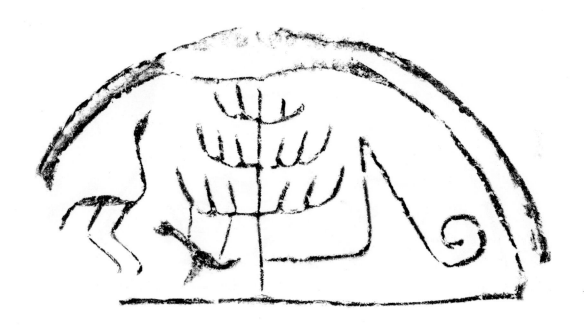

圖一八九　樹木鳥雲紋半瓦當　戰國
臨淄採集。底徑約14.3厘米，高7.3厘米。青州市博物館藏。

圖一九〇　樹木鳥雲紋半瓦當　漢

齊故城採集。底徑約 17.2 厘米，高 8.7 厘米。齊國歷史博物
館藏。

圖一九一　龍紋半瓦當　漢

臨淄採集。底徑約 17.5 厘米，高約 8 厘米。山東省文物攷古
研究所藏。

圖一九二　鹿紋半瓦當　漢

一九六五年崖傅莊 J₁ 上層出土。山東省文物攷古研究所藏。

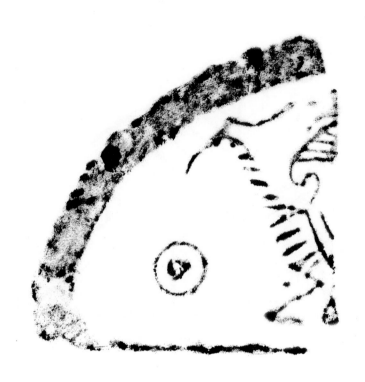

圖一九三　鳳紋半瓦當　漢

臨淄採集。底徑約 16.8 厘米，高約 8.5 厘米。張龍海提供攝
片。

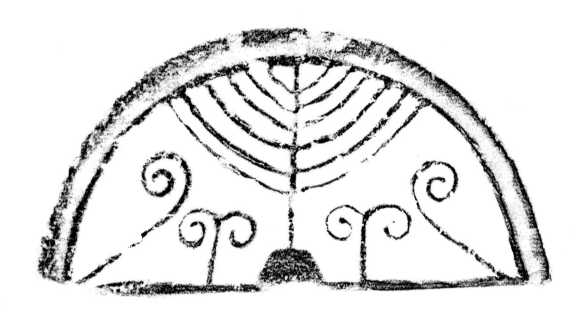

圖一九四　樹木雲紋半瓦當　戰國
臨淄採集。底徑 16.2 厘米，高 8.1 厘米。山東省文物攷古研
究所藏。

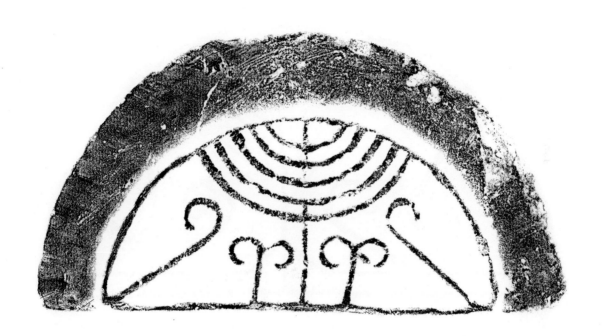

圖一九五　樹木雲紋半瓦當　戰國

一九六五年崖傅莊J₁下層出土。底徑21.8厘米，高11.1厘米。
山東省文物攷古研究所藏。

圖一九六　樹木雲紋半瓦當　戰國
一九六五年崖傅莊 J₁ 下層出土。底徑 18.5 厘米，高 9.5 厘米。
山東省文物攷古研究所藏。

圖一九七　樹木雲紋半瓦當　戰國

齊故城採集。底徑15.3厘米，高7.2厘米。山東省文物攷古
研究所藏。

圖一九八　樹木雲紋半瓦當　漢
臨淄採集。底徑 15.5 厘米，高 7.7 厘米。青州市博物館藏。

圖一九九　樹木雲紋半瓦當　漢

齊故城採集。底徑約 14.4 厘米，高約 7.5 厘米。山東省文物
攷古研究所藏。

圖二〇〇　樹木雲紋半瓦當　漢

齊故城闞家寨採集。底徑約15.4厘米, 高7.9厘米。李中昇提
供搨片。

圖二〇一　樹木雲紋半瓦當　漢
臨淄採集。底徑 15 厘米，高 7.7 厘米。山東省文物攷古研究
所藏。

圖二〇二　樹木雲紋半瓦當　漢

臨淄採集。底徑 15.1 厘米，高 8.2 厘米。山東省文物攷古研
究所藏。

圖二○三　樹木雲紋半瓦當　漢

臨淄採集。殘。齊國歷史博物館藏。

圖二〇四　樹木雲紋半瓦當　漢

齊故城河崖頭村採集。底徑約 15.4 厘米，高約 7.9 厘米。山
東省文物攷古研究所藏。

圖二〇五　樹木雲紋半瓦當　漢

一九七六年齊故城桓公臺T₁₇④出土。底徑19厘米，高9.2厘米。山東省文物攷古研究所藏。

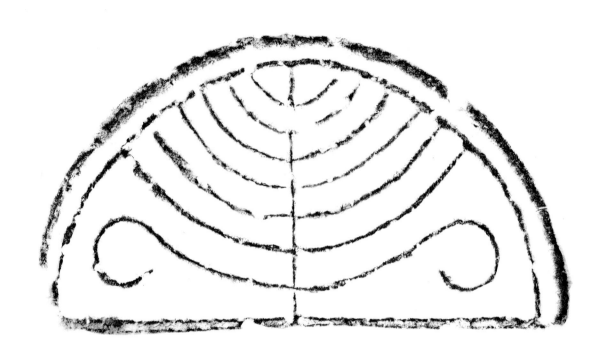

圖二〇六　樹木紋半瓦當　戰國
一九六五年崖傅莊 J₁ 下層出土。底徑 21 厘米，高 11.2 厘米。
山東省文物攷古研究所藏。

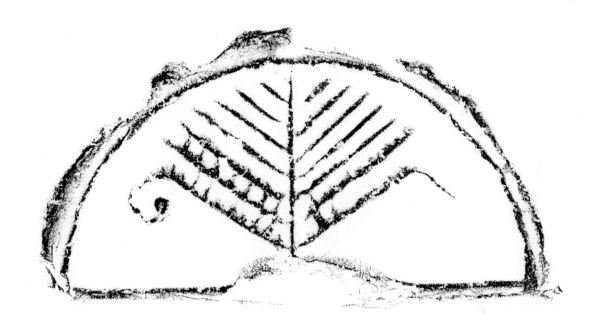

圖二〇七　樹木紋半瓦當　戰國

齊故城傅家村採集。底徑 15 厘米，高 7.8 厘米。山東省文物
攷古研究所藏。

圖二〇八　樹木紋半瓦當　戰國

齊故城劉家寨採集。底徑 14.6 厘米，高 7.2 厘米。李中昇提
供搨片。

圖二〇九　樹木紋半瓦當　戰國

臨淄採集。底徑約 16.2 厘米，高 8.1 厘米。齊國歷史博物館藏。

圖二一〇　樹木紋半瓦當　戰國

齊故城長胡村採集。底徑 16.5 厘米，高 8.2 厘米。山東省文
物攷古研究所藏。

圖二一一　樹木紋半瓦當　戰國
臨淄採集。底徑約14.5厘米，高7.4厘米。青州市博物館藏。

圖二一二　樹木紋半瓦當　漢

齊故城河崖頭村採集。殘。山東省文物攷古研究所藏。

圖二一三　雲紋半瓦當　戰國

臨淄採集。底徑15厘米，高7.5厘米。山東省文物攷古研究
所藏。

圖二一四　雲紋半瓦當　戰國

臨淄採集。底徑 16.5 厘米，高 7.6 厘米。山東省文物攷古研究所藏。

圖二一五　雲紋半瓦當　漢

臨淄採集。底徑15.4厘米，高8厘米。山東省文物攷古研究
所藏。

圖二一六　雲紋半瓦當　漢

臨淄採集。底徑 14.8 厘米，高約 7.4 厘米。齊國歷史博物館藏。

圖二一七　雲紋半瓦當　漢

一九七六年齊故城桓公臺 T$_{23}$ ④出土。底徑 14.2 厘米，高 7.4
厘米。山東省文物攷古研究所藏。

圖二一八　雲紋半瓦當　漢

臨淄採集。底徑 15.7 厘米，高 8 厘米。山東省文物攷古研究所藏。

圖二一九　雲紋半瓦當　漢

臨淄採集。底徑 16.9 厘米，高 8.5 厘米。山東省文物攷古研
究所藏。

圖二二〇　雲紋半瓦當　漢
一九七六年齊故城桓公臺 T₂₂ ④出土。底徑 15.2 厘米，高 7.1
厘米。山東省文物攷古研究所藏。

圖二二一　雲紋半瓦當　漢

臨淄採集。底徑約 16 厘米，高 8 厘米。齊國歷史博物館藏。

圖二二二　饕餮雲紋半瓦當　戰國

一九八五年齊故城採集。底徑 14.4 厘米，高 7.5 厘米。山東
省博物館藏。

圖二二三　饕餮雲紋半瓦當　漢

臨淄採集。底徑17.4厘米，高8.6厘米。齊國歷史博物館藏。

圖二二四　饕餮雲紋半瓦當　漢

一九七六年齊故城桓公臺 T₁₅ ③出土。底徑 17.2 厘米，高 9 厘
米。山東省文物攷古研究所藏。

圖二二五　饕餮雲紋半瓦當　漢

臨淄 採集。底徑約 15.2 厘米，高 7.9 厘米。山東省文物攷古
研究所藏。

圖二二六　陰刻雲紋半瓦當　漢

一九六五年于家莊 T₅ ②出土。底徑 17.5 厘米，高 8.2 厘米。
山東省文物攷古研究所藏。

圖二二七　山形紋半瓦當　戰國

一九六五年崖傅莊 J₁ 下層出土。底徑19.7厘米，高10.1厘米。
山東省文物攷古研究所藏。

圖二二八　樹木波折紋半瓦當　漢

臨淄採集。底徑 16 厘米，高 8 厘米。齊國歷史博物館藏。

圖二二九　樹木波折紋半瓦當　漢

臨淄採集。底徑 17.5 厘米，高 8.9 厘米。山東省文物攷古研究所藏。

圖二三○　樹木波折紋半瓦當　漢

齊故城闞家寨 T-252 ③出土。底徑約14.2厘米，高7.1厘米。
山東省文物攷古研究所藏。

圖二三一　樹木波折紋半瓦當　漢

一九六五年崖傅莊 J₁ 上層出土。底徑 19.5 厘米，高 9 厘米。
山東省文物攷古研究所藏。

圖二三二　太陽星紋半瓦當　漢

齊故城崔家莊 採集。底徑約 15.5 厘米，高 7.4 厘米。齊國
歷史博物館藏。

圖二三三　太陽星雲紋半瓦當　漢
臨淄採集。底徑 15.5 厘米，高 7.8 厘米。山東省文物攷古研
究所藏。

圖二三四　太陽星雲紋半瓦當　漢
一九五八年齊故城採集。底徑 14.5 厘米，高 7.6 厘米。山東
省博物館藏。

圖二三五　幾何乳釘紋半瓦當　漢
齊故城闞家寨採集。底徑約14厘米，高約7.2厘米。山東省
文物攷古研究所藏。

圖二三六　燈臺紋半瓦當　漢
臨淄採集。底徑約14.6厘米，高7.6厘米。青州市博物館藏。

图二三七　樹木饕餮紋瓦當　戰國

一九六五年崖傅莊 J_1 下層出土。當面先塗紅後塗白。面徑
16.4厘米。山東省文物攷古研究所藏。

圖二三八　樹木饕餮紋瓦當　戰國
一九六五年崖傅莊 J₁ 下層出土。面徑 17.7 厘米。山東省文物
攷古研究所藏。

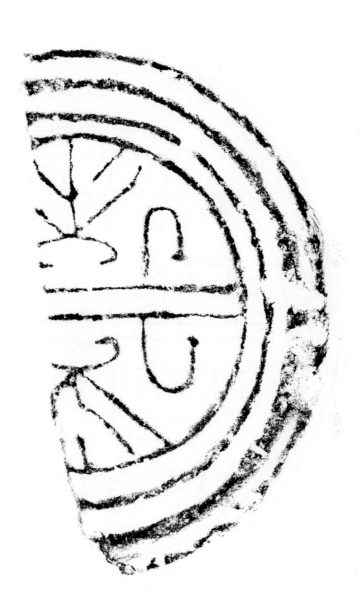

圖二三九　樹木饕餮紋瓦當　戰國

臨淄採集。面徑約 16.4 厘米。山東省文物攷古研究所藏。

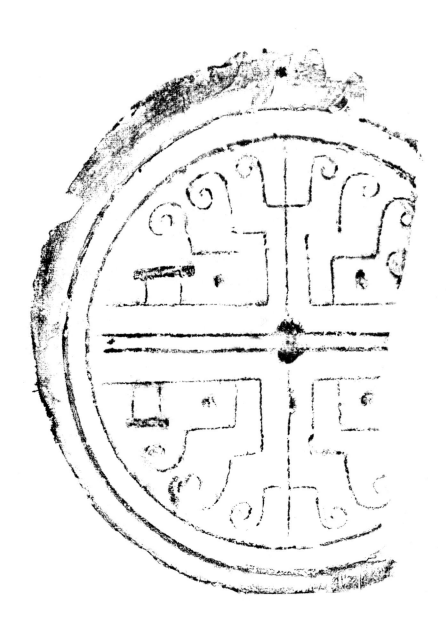

圖二四〇　樹木饕餮紋瓦當　戰國

一九六五年崖傅莊 J₁ 下層出土。面徑 19.2 厘米。山東省文物
攷古研究所藏。

圖二四一　樹木饕餮紋瓦當　戰國

臨淄採集。面徑 17.3 厘米。張龍海提供搨片。

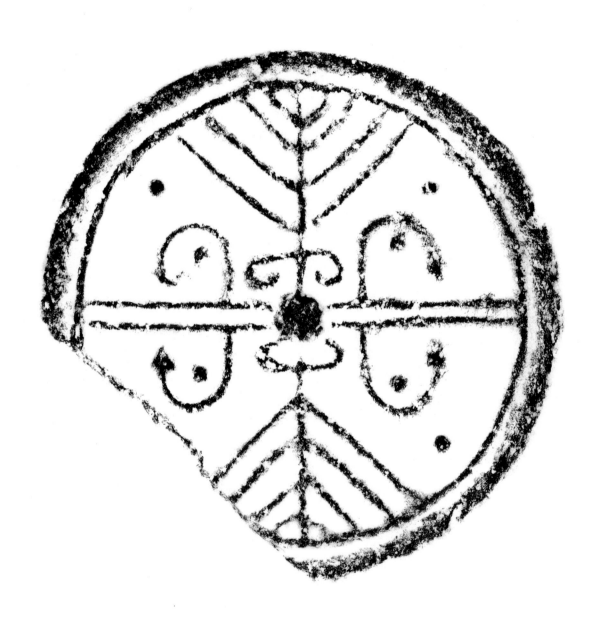

圖二四二　樹木饕餮紋瓦當　漢

一九七六年齊故城桓公臺 T$_{82}$ ② 出土。面徑 18 厘米。山東省
文物攷古研究所藏。

圖二四三　樹木饕餮紋瓦當　漢
臨淄 採集。面徑 18 厘米。齊國歷史博物館藏。

圖二四四　樹木饕餮紋瓦當　漢

一九七六年齊故城桓公臺 T_{52} ④出土。面徑約 19 厘米。山東
省文物攷古研究所藏。

圖二四五　樹木饕餮雲紋瓦當　漢

臨淄採集。面徑 15.5 厘米。山東省文物攷古研究所藏。

圖二四六　樹木饕餮雙騎紋瓦當　漢

一九七六年齊故城桓公臺 T₂₂ ④出土。面徑 13.4 厘米。山東省文物攷古研究所藏。

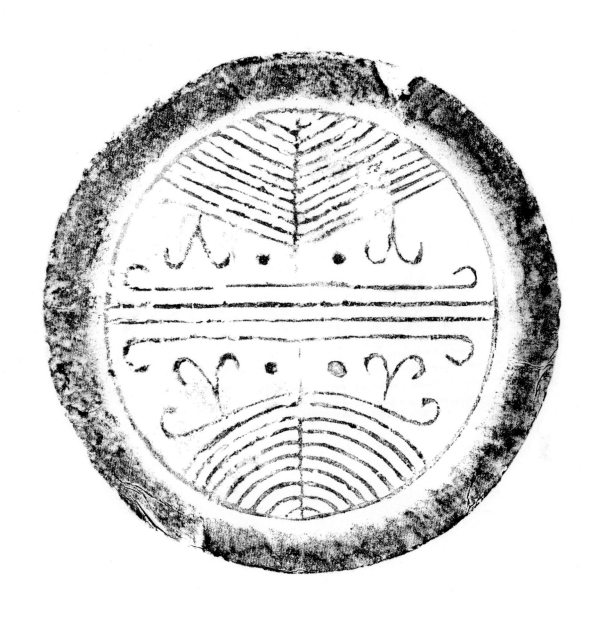

圖二四七　樹木饕餮雙鈎紋瓦當　漢

一九七六年齊故城桓公臺 T$_{25}$ ③出土。面徑 20 厘米。山東省
文物攷古研究所藏。

圖二四八　三角紋瓦當　戰國
一九六五年崖傅莊 J₁ 下層出土。面徑 17.5 厘米。山東省文物
攷古研究所藏。

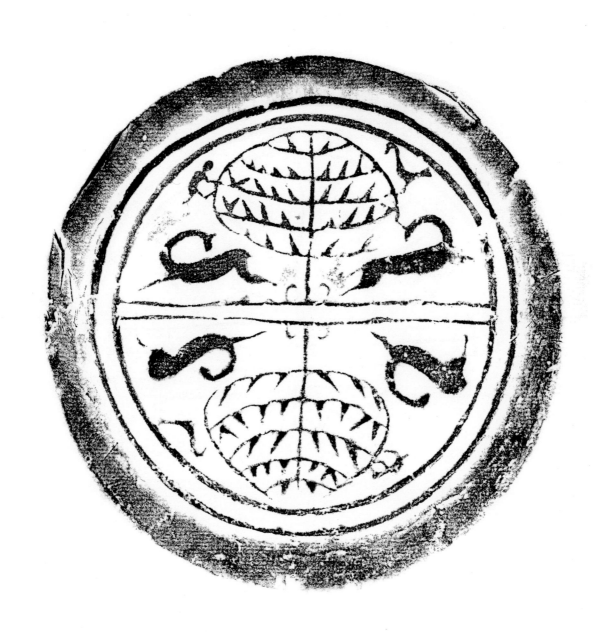

圖二四九　樹木鳥獸紋瓦當　漢
臨淄採集。面徑 17.2 厘米。山東省文物攷古研究所藏。

圖二五〇　樹木紋瓦當　漢

一九七六年齊故城採集。面徑 20 厘米。山東省文物攷古
研究所藏。

圖二五一　樹木雲紋瓦當　漢

臨淄採集。當面塗朱後又塗白，面徑15.7厘米。山東省文物
攷古研究所藏。

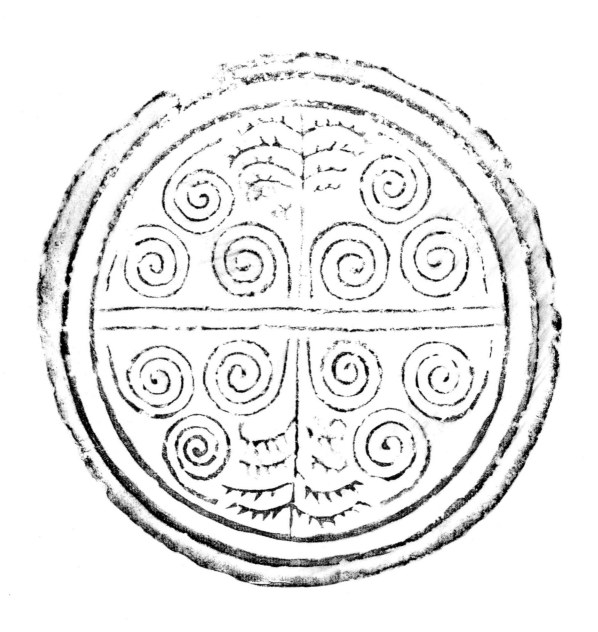

圖二五二　樹木雲紋瓦當　漢
臨淄採集。面徑 18.2 厘米。山東省文物攷古研究所藏。

圖二五三　樹木雲紋瓦當　漢

一九七六年齊故城桓公臺 T₃₄ ④出土。面徑 17.1 厘米。山東
省文物攷古研究所藏。

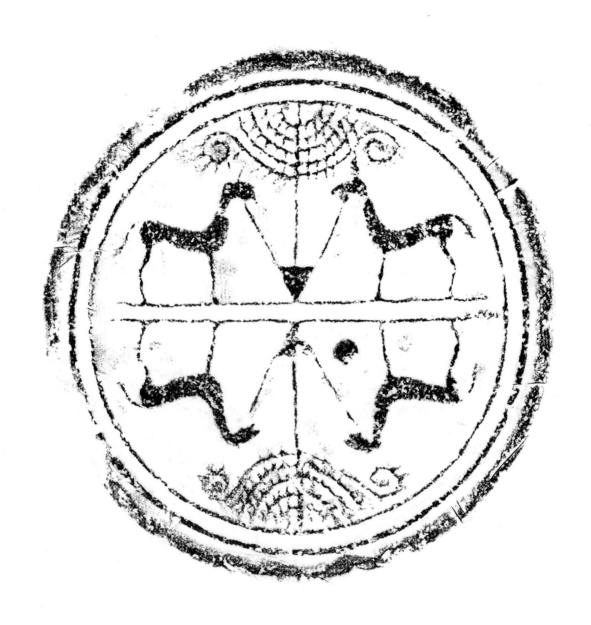

圖二五四　樹木四獸紋瓦當　戰國

一九六五年崖傅莊 J₁ 下層出土。面徑 16.3 厘米。山東省文
物攷古研究所藏。

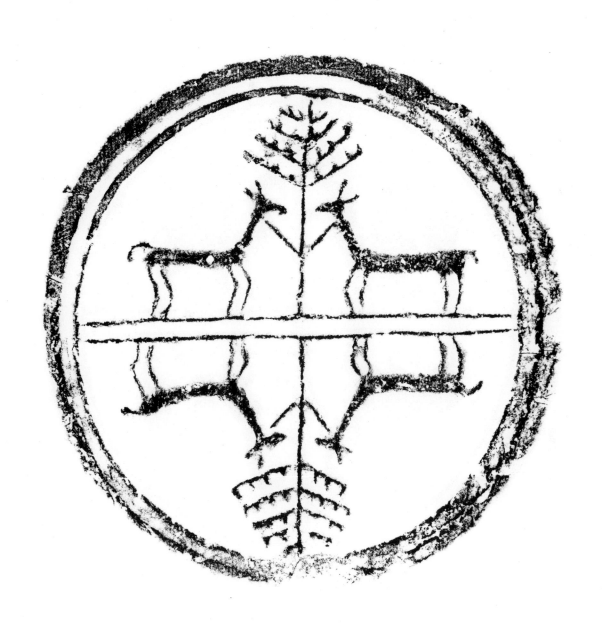

圖二五五　樹木四獸紋瓦當　戰國
臨淄 採集。面徑 16.5 厘米。齊國歷史博物館藏。

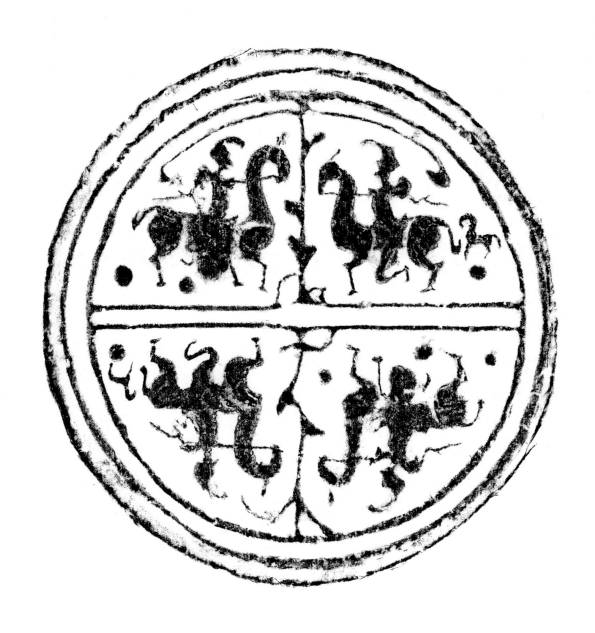

圖二五六　樹木四騎紋瓦當　漢

一九七六年齊故城桓公臺 T$_{52}$ ④出土。面徑 19.2 厘米。山東省文物攷古研究所藏。

圖二五七　馬紋瓦當　漢

一九七六年齊故城桓公臺 T₆₂ ⑥出土。面徑 17 厘米。山東省
文物攷古研究所藏。

圖二五八　雙龍紋瓦當　漢

臨淄採集。面徑 17 厘米。山東省文物玫古研究所藏。

圖二五九　雲紋瓦當　西漢

一九六五年崔傅莊J₁下層出土。當面塗紅後又塗堊，面徑17.7
厘米。山東省文物攷古研究所藏。

圖二六〇　雲紋瓦當　漢

一九六五年崖傅莊 J₁ 上層出土。面徑 15.7 厘米。山東省文
物攷古研究所藏。

圖二六一　雲紋瓦當　漢
一九六五年崖傅莊 J₁ 上層出土。面徑 21 厘米。山東省文物攷
古研究所藏。

圖二六二　雲紋瓦當　漢

一九六五年崖傅莊J₁上層出土。當面塗朱後再塗堊，面徑20.4
厘米。山東省文物攷古研究所藏。

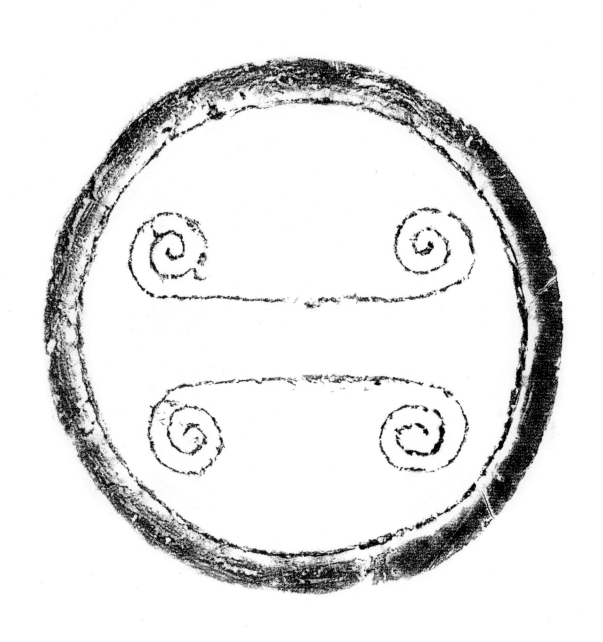

圖二六三　雲紋瓦當　漢

一九六五年崖傅莊 J₁ 上層出土。當面塗堊後塗朱，面徑 19.2
厘米。山東省文物攷古研究所藏。

圖二六四　雲紋瓦當　漢

一九六五年崖傅莊 J₁ 上層出土。當面塗堊後塗朱，面徑 16.2
厘米。山東省文物攷古研究所藏。

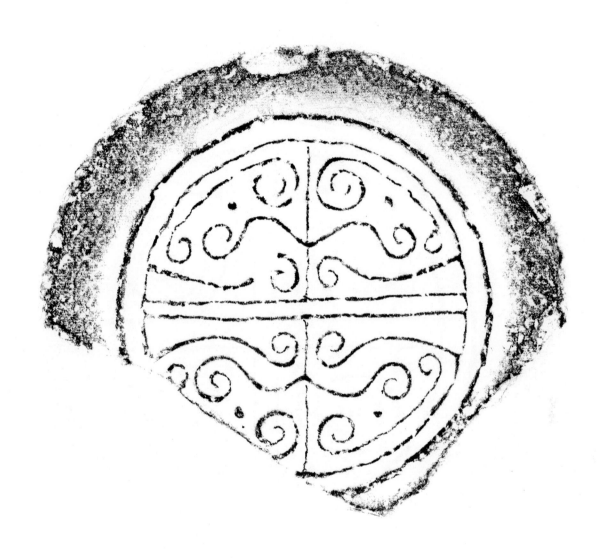

圖二六五　雲紋瓦當　漢
臨淄採集。面徑 20 厘米，齊國歷史博物館藏。

圖二六六　雲紋瓦當　漢
一九七六年齊故城桓公臺 T₂₅ ⑤出土。面徑 13.5 厘米。山東
省文物攷古研究所藏。

圖二六七　雲紋瓦當　漢

齊故城採集。面徑 17.5 厘米。齊國歷史博物館藏。

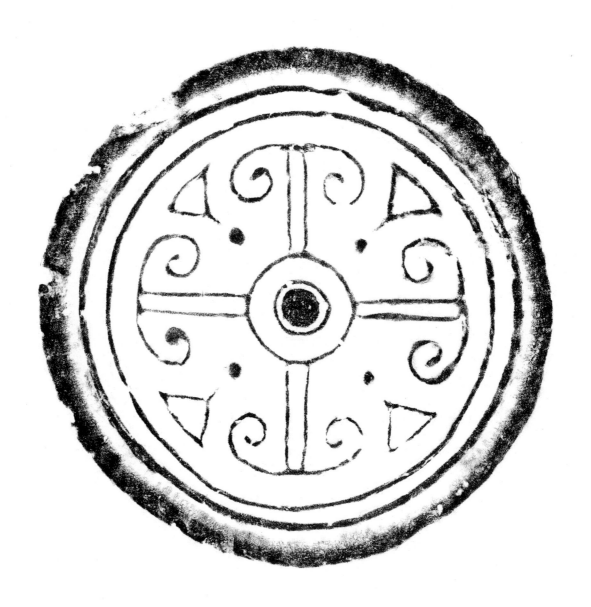

圖二六八　雲紋瓦當　漢

臨淄採集。面徑 16.3 厘米。山東省文物攷古研究所藏。

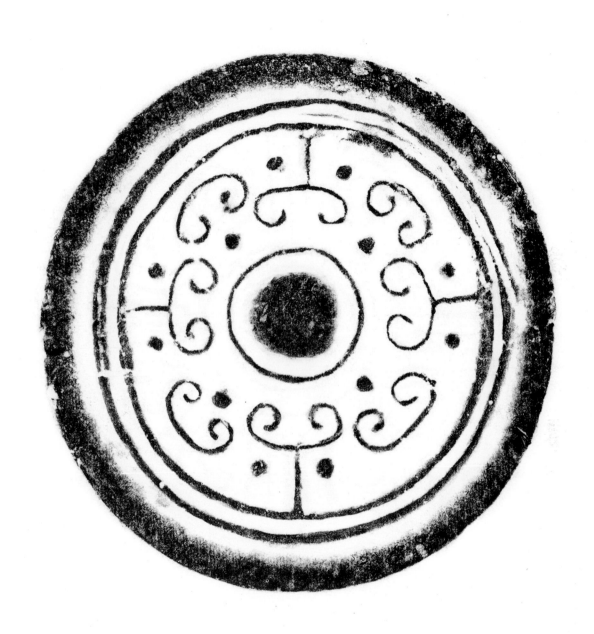

圖二六九　雲紋瓦當　漢
齊故城採集。面徑 16 厘米。山東省文物攷古研究所藏。

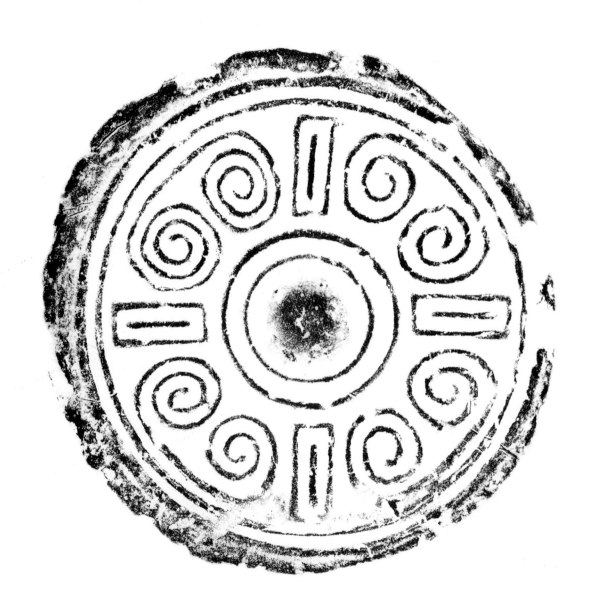

圖二七〇　雲紋瓦當　漢

一九七六年齊故城桓公臺 T$_{22}$ ④出土。面徑 15 厘米。山東省
文物攷古研究所藏。

圖二七一　雲紋瓦當　漢
一九七六年齊故城桓公臺 T₆₂ ⑤出土。面徑 17.8 厘米。山東
省文物攷古研究所藏。

圖二七二　雲紋瓦當　漢

齊故城 採集。面徑 13.8 厘米。山東省文物攷古研究所藏。

圖二七三　雲紋瓦當　漢

一九七六年齊故城桓公臺 T₃₄ ④出土。面徑 18 厘米。山東省
文物攷古研究所藏。

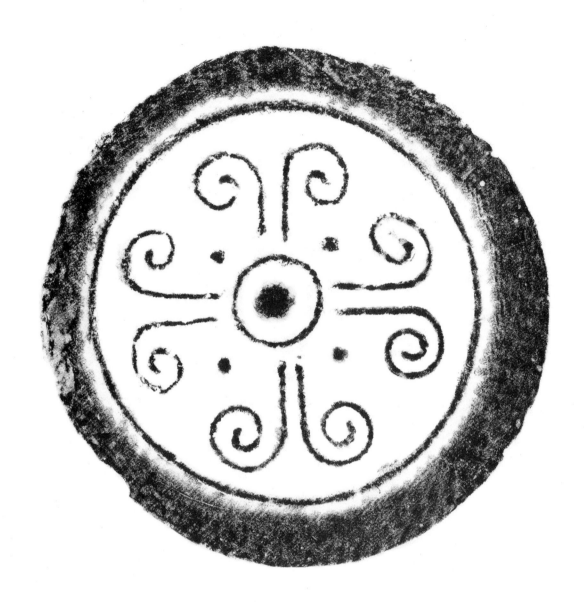

圖二七四　雲紋瓦當　漢

臨淄 採集。面徑 17.7 厘米。山東省文物攷古研究所藏。

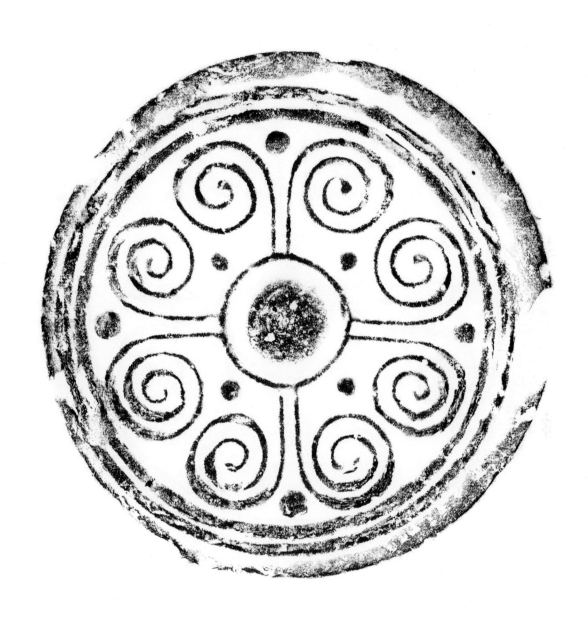

圖二七五　雲紋瓦當　漢
一九七六年齊故城桓公臺 T$_{62}$ ④出土。面徑 17.2 厘米。山東
省文物攷古研究所藏。

圖二七六　雲紋瓦當　漢
一九七六年齊故城桓公臺 T$_{23}$ ④出土。面徑 14.7 厘米。山東
省文物攷古研究所藏。

圖二七七　雲紋瓦當　漢

一九七六年齊故城桓公臺 T$_{52}$ ④ 出土。面徑 19 厘米。山東省
文物攷古研究所藏。

圖二七八　雲紋瓦當　漢

臨淄採集。面徑 21 厘米。山東省文物攷古研究所藏。

圖二七九　雲紋瓦當　漢

齊故城 採集。殘。面徑約 17 厘米。山東省文物攷古研究所
藏。

圖二八〇　雲紋瓦當　漢
臨淄採集。面徑 16 厘米，山東省文物攷古研究所藏。

圖二八一　雲紋瓦當　漢

一九七六年齊故城桓公臺 T$_{42}$ ④出土。面徑 17 厘米。山東省
文物攷古研究所藏。

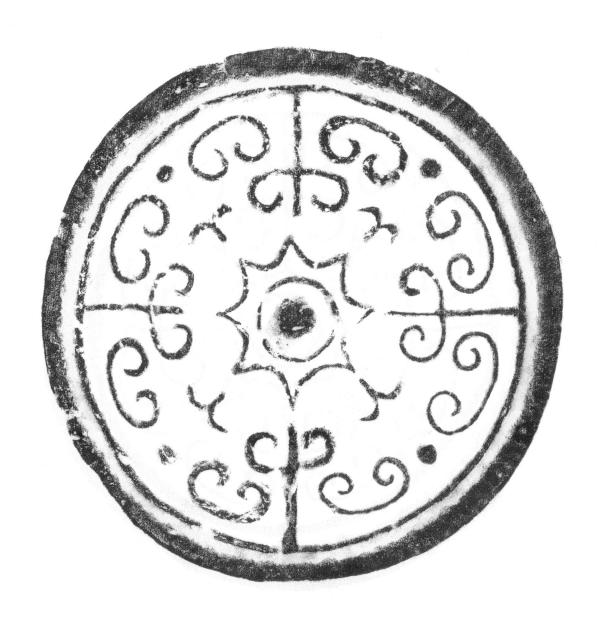

圖二八二　雲紋瓦當　漢
一九七六年齊故城桓公臺 T_{52} ⑥出土。面徑 20.5 厘米。山東省文物攷古研究所藏。

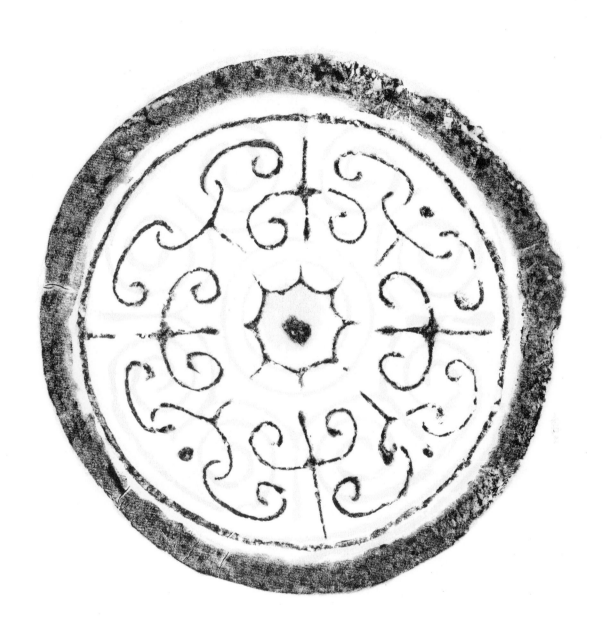

圖二八三　雲紋瓦當　漢

一九七六年齊故城桓公臺 T₂₄ ④出土。面徑 20 厘米。山東省
文物攷古研究所藏。

圖二八四　雲紋瓦當　漢

一九七六年齊故城桓公臺 T$_{22}$ ④出土。面徑 15 厘米。山東省
文物攷古研究所藏。

圖二八五　鳥雲紋瓦當　漢
臨淄採集。殘。山東省文物攷古研究所藏。

圖二八六　網格雲紋瓦當　漢
一九七六年齊故城桓公臺 $T_{16}G_5$ 出土。面徑 16 厘米。山東省
文物攷古研究所藏。

圖二八七　網格雲紋瓦當　漢

一九七六年齊故城桓公臺 T₁₆ ①出土。當面徑 17 厘米。山東
省文物攷古研究所藏。

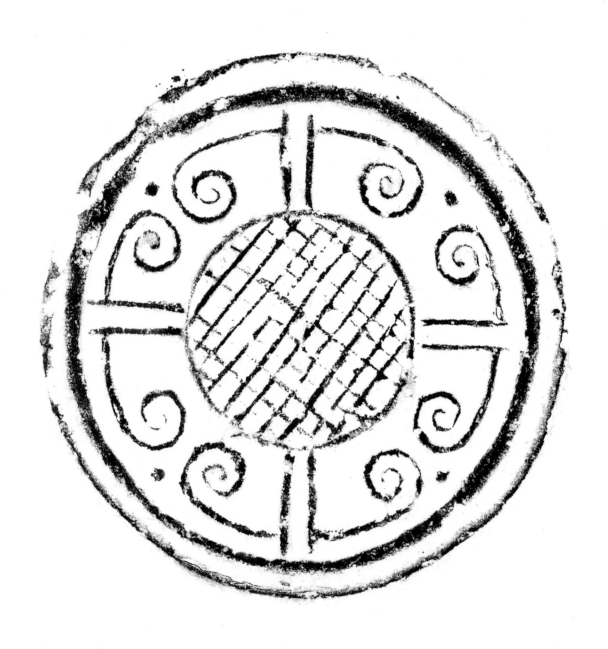

圖二八八　網格雲紋瓦當　漢

一九七六年齊故城桓公臺 T$_{33}$ ④出土。面徑 16 厘米。山東省
文物攷古研究所藏。

圖二八九　網格雲紋瓦當　漢

一九七六年齊故城桓公臺 T$_{25}$ ⑥出土。面徑 17.2 厘米。山東省文物攷古研究所藏。

圖二九〇　網格雲紋瓦當　漢

一九七六年齊故城桓公臺 T₆₂④出土。面徑 18 厘米。山東省
文物攷古研究所藏。

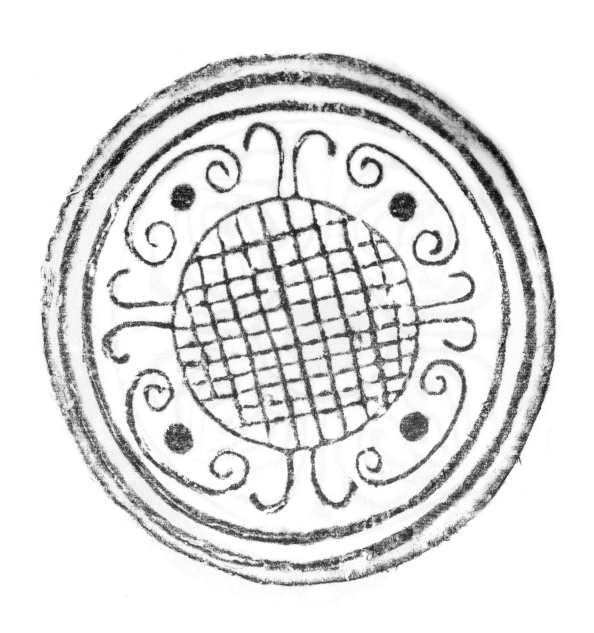

圖二九一　網格雲紋瓦當　漢

一九七六年齊故城桓公臺 T₁₄ ④出土。面徑 17.5 厘米。山東省文物攷古研究所藏。

圖二九二　四葉紋瓦當　漢

臨淄採集。面徑 15 厘米。齊國歷史博物館藏。

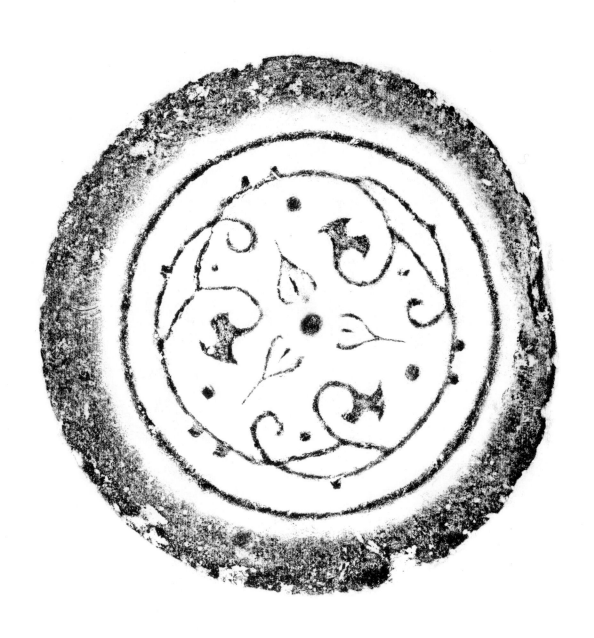

圖二九三　蔓草三葉紋瓦當　漢
一九七六年齊故城桓公臺 T₇₂ ⑤出土。面徑 20 厘米。山東省
文物攷古研究所藏。

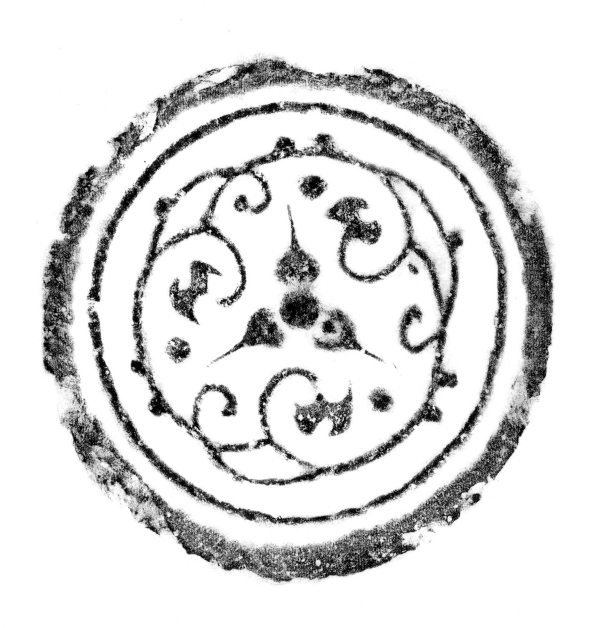

圖二九四　蔓草三葉紋瓦當　漢

一九七六年齊故城桓公臺 T₂₂ ⑥出土。面徑 18.5 厘米。山東
省文物攷古研究所藏。

圖二九五　天齊半瓦當　漢
一九五八年齊故城採集。底徑 15.7 厘米。山東省博物館藏。

圖二九六　天齊半瓦當　漢

一九五八年齊故城 採集。底徑約 15 厘米。山東省博物館藏。

圖二九七　天齊半瓦當　漢

臨淄採集。底徑 16.9 厘米。青州市博物館藏。

圖二九八　千萬半瓦當　漢

齊故城 採集。底徑 14.5 厘米。山東省博物館藏。

圖二九九　千秋半瓦當　漢
臨淄 採集。底徑 15.8 厘米。張龍海提供搨片。

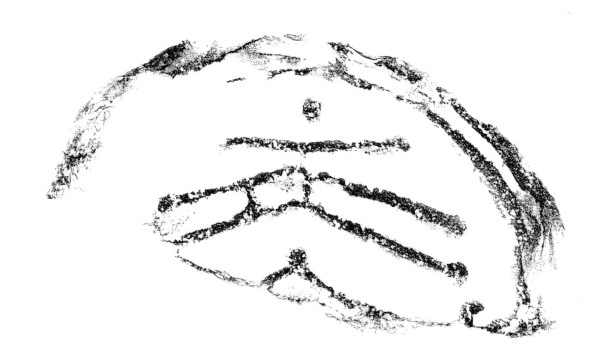

圖三○○　天□瓦當　漢

臨淄採集。面徑約 16.5 厘米。佚文應爲 "齊" 字。山東省文
物攷古研究所藏。

圖三○一　延年益壽瓦當　漢
安平城 採集。面徑 13.7 厘米。王壽益提供搨片。

圖三○二　永奉無疆瓦當　漢

臨淄採集。面徑 16 厘米。青州市博物館藏。

圖三〇三　千秋萬歲瓦當　漢

齊故城採集。面徑 14.6 厘米。山東省文物攷古研究所藏。

圖三〇四　千秋萬歲瓦當　漢

一九七六年齊故城桓公臺 T$_{16}$ ④出土。面徑 14.6 厘米。山東
省文物攷古研究所藏。

圖三〇五　千秋萬歲瓦當　漢
臨淄採集。面徑 13.7 厘米。山東省文物攷古研究所藏。

圖三〇六　千秋萬歲瓦當　漢
臨淄採集。面徑 13.5 厘米。齊國歷史博物館藏。

圖三〇七　千秋萬歲瓦當　漢
臨淄採集。面徑 14.3 厘米。山東省文物攷古研究所藏。

圖三〇八　千秋萬歲瓦當　漢

臨淄採集。面徑 17.3 厘米。青州市博物館藏。

圖三〇九　千秋萬歲瓦當　漢
臨淄採集。面徑 14.2 厘米。山東省文物攷古研究所藏。

圖三一〇　千秋萬歲瓦當　漢

一九七六年齊故城桓公臺 T₂₆ ②出土。面徑 14.1 厘米。山東
省文物攷古研究所藏。

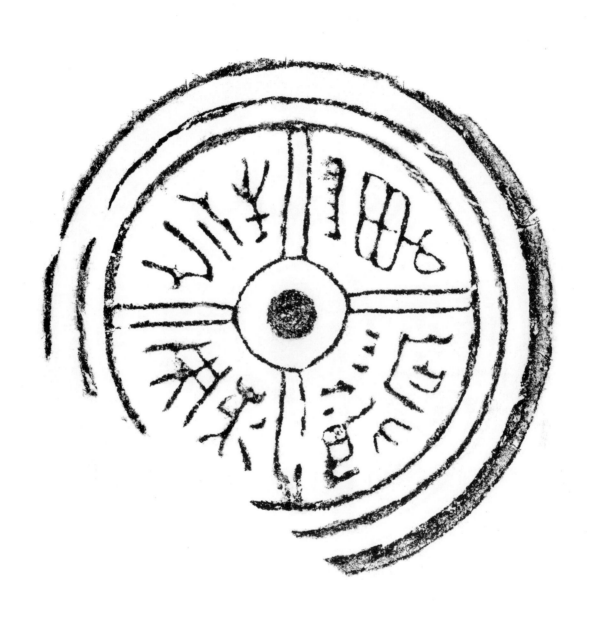

圖三一一　千秋萬歲樂未央瓦當　漢

臨淄採集。面徑 16.8 厘米，"樂"字有識爲"餘"字者。青
州市博物館藏。

圖三一二　千秋萬歲安樂無極瓦當　漢
臨淄採集。面徑 15.7 厘米。于文德提供攝片。

圖三一三　千秋萬歲安樂無極瓦當　漢

齊故城 採集。文字應爲＂千秋萬歲安樂無極＂，筆畫簡化變
形極大，難以辨識。面徑 15 厘米，山東省博物館藏。

圖三一四　吉羊宜官瓦當　漢
一九七六年齊故城桓公臺 T₈₄ ②出土。面徑 13.7 厘米。山東
省文物攷古研究所藏。

圖三一五　四字瓦當　漢

齊故城採集。面徑14.2厘米，應爲 × × × ×文字瓦當，文
字難以辨識。山東省博物館藏。

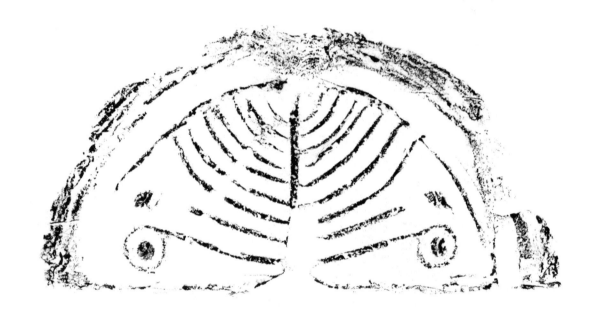

圖三一六　樹木饕餮紋半瓦當　漢

一九七五年章丘東平陵城遺址出土。底徑17厘米。山東省文
物攷古研究所藏。

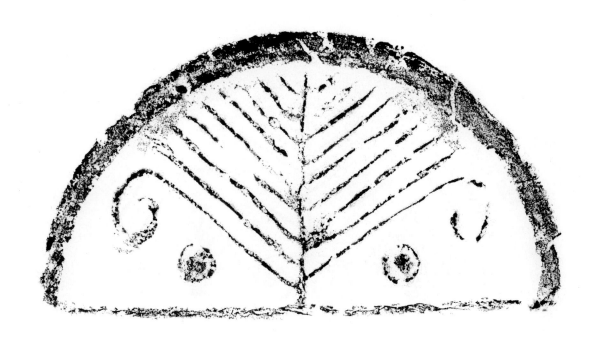

圖三一七　樹木饕餮紋半瓦當　漢
一九七五年章丘東平陵城遺址出土。底徑 14.2 厘米。山東省
文物攷古研究所藏。

圖三一八　樹木饕餮紋半瓦當　漢
一九七五年章丘東平陵城遺址出土。底徑 14.2 厘米。山東省
文物攷古研究所藏。

圖三一九　樹木紋半瓦當　漢

一九七五年章丘東平陵城遺址出土。底徑 19.5 厘米。山東省
文物攷古研究所藏。

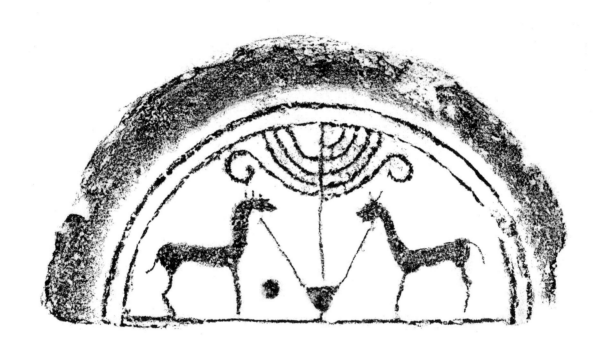

圖三二〇　樹木雙獸紋半瓦當　漢
一九七五年章丘東平陵城遺址出土。底徑約16厘米。山東省
文物攷古研究所藏。

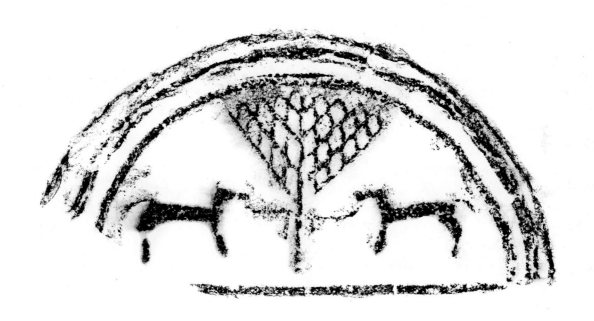

圖三二一　樹木雙獸紋半瓦當　漢

一九七五年章丘東平陵城遺址出土。底徑約18厘米。山東省
文物攷古研究所藏。

圖三二二　幾何乳釘紋半瓦當　漢

一九七五年章丘東平陵城遺址出土。底徑 14 厘米。高 7.3 厘
米。山東省文物攷古研究所藏。

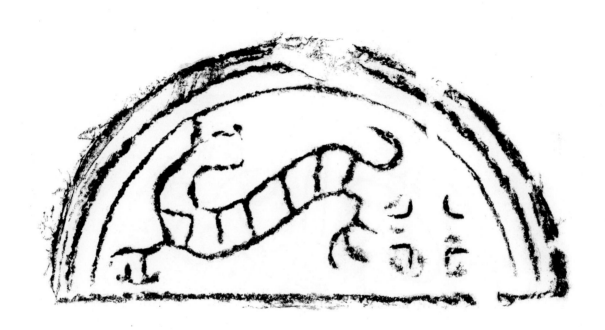

圖三二三　虎紋半瓦當　漢
一九七五年章丘東平陵城遺址出土。底徑 14.7 厘米。山東省
文物攷古研究所藏。

圖三二四　雲紋半瓦當　漢

一九七五年章丘東平陵城遺址出土。底徑 17.7 厘米。山東省
文物攷古研究所藏。

圖三二五　雲紋半瓦當　漢

一九七五年章丘東平陵城遺址出土。底徑約 17.7 厘米。山東省
文物攷古研究所藏。

圖三二六　雲紋半瓦當　漢

一九七五年章丘東平陵城遺址出土。底徑 18.5 厘米。山東省
文物攷古研究所藏。

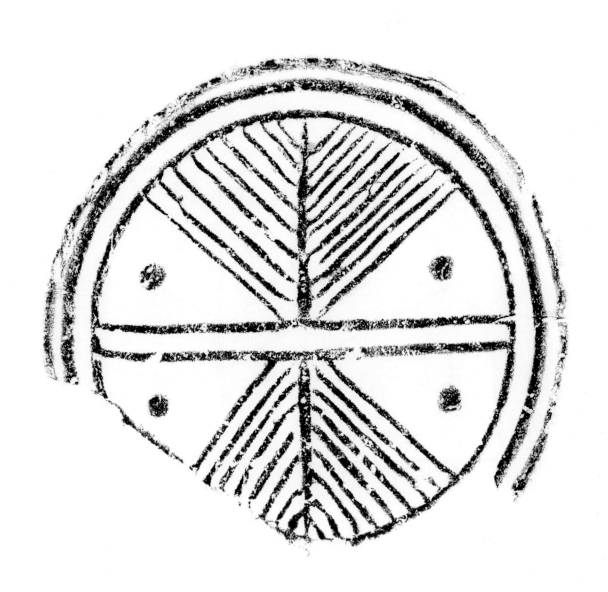

圖三二七　樹木饕餮紋瓦當　漢

一九七五年章丘東平陵城遺址出土。面徑20厘米。山東省文物攷古研究所藏。

圖三二八　樹木饕餮紋瓦當　漢

一九七五年章丘東平陵城遺址出土。面徑約18.2厘米。山東
省文物攷古研究所藏。

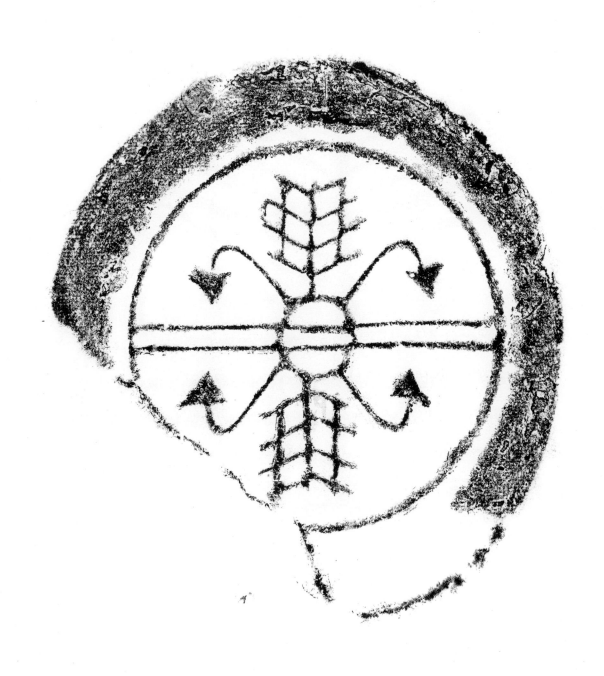

圖三二九　樹木饕餮紋瓦當　漢

一九七五年章丘東平陵城遺址出土。面徑 18.2 厘米。山東省
文物攷古研究所藏。

圖三三〇　樹木饕餮紋瓦當　漢

一九七五年章丘東平陵城遺址出土。面徑17厘米。山東省文
物攷古研究所藏。

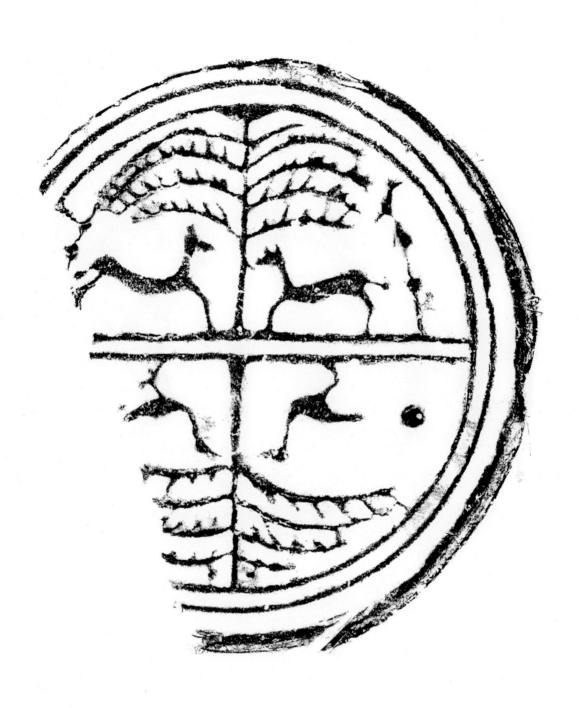

圖三三一　樹木鳥獸紋瓦當　漢
一九七五年章丘東平陵城遺址出土。面徑17.6厘米。山東省
文物攷古研究所藏。

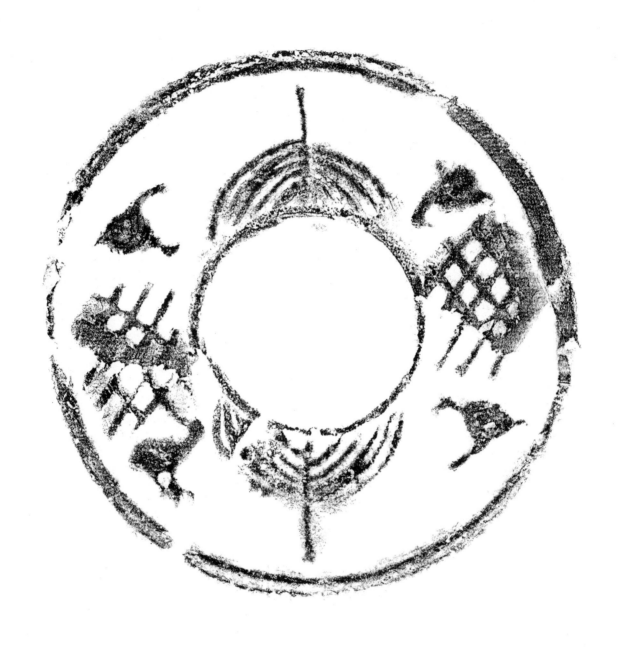

圖三三二　樹木藩籬禽紋瓦當　漢
一九七五年章丘東平陵城遺址出土。面徑 17.3 厘米。山東省
文物攷古研究所藏。

圖三三三　人面紋瓦當　漢

一九七五年章丘東平陵城遺址出土。面徑 17.5 厘米。山東省
文物攷古研究所藏。

圖三三四　鳥紋瓦當　漢

一九七五年章丘東平陵城遺址出土。山東省文物攷古研究所
藏。

圖三三五　雲紋瓦當　漢
一九七五年章丘東平陵城遺址出土。面徑 17.6 厘米。山東省
文物攷古研究所藏。

圖三三六 雲紋瓦當 漢

一九七五年章丘東平陵城遺址出土。面徑 19 厘米。山東省文
物攷古研究所藏。

圖三三七　雲紋瓦當　漢
一九七五年章丘東平陵城遺址出土。面徑20.9厘米。山東省
文物攷古研究所藏。

圖三三八　雲紋瓦當　漢

一九七五年章丘東平陵城遺址出土。面徑18.4厘米。山東省
文物攷古研究所藏。

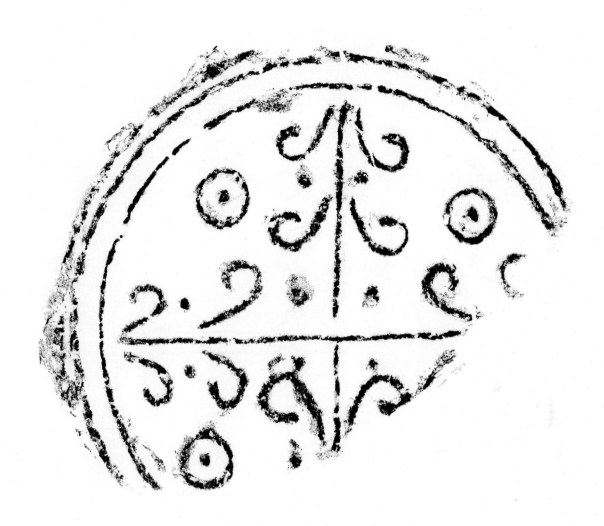

圖三三九　雲紋瓦當　漢

一九七五年章丘東平陵城遺址出土。面徑16厘米。山東省文
物攷古研究所藏。

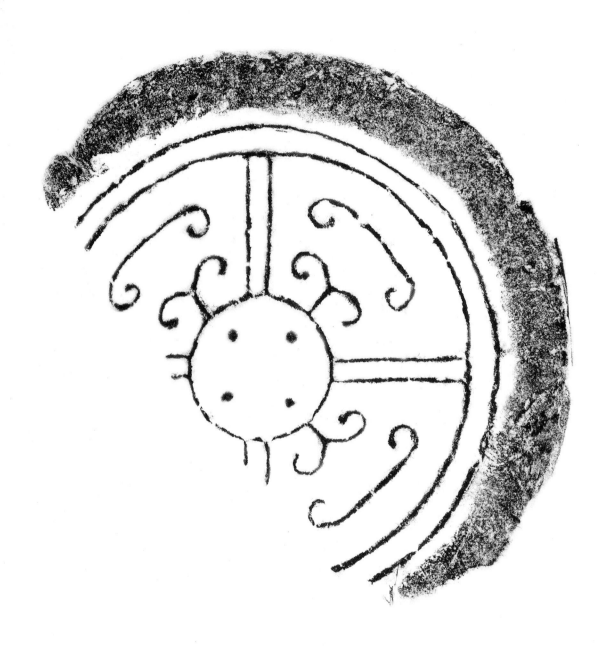

圖三四〇　雲紋瓦當　漢
一九七五年章丘東平陵城遺址出土。面徑 17.5 厘米。山東省
文物攷古研究所藏。

圖三四一　雲紋瓦當　漢
一九七五年章丘東平陵城遺址出土。面徑16厘米。山東省文
物攷古研究所藏。

圖三四二　雲紋瓦當　漢

一九七五年章丘東平陵城遺址出土。面徑 17.5 厘米。山東省
文物攷古研究所藏。

圖三四三　雲紋瓦當　漢
一九七五年章丘東平陵城遺址出土。面徑 16.2 厘米。山東省
文物攷古研究所藏。

圖三四四　雲紋瓦當　漢

一九七五年章丘東平陵城遺址出土。面徑 17.2 厘米。山東省
文物玫古研究所藏。

圖三四五　雲紋瓦當　漢

一九七五年章丘東平陵城遺址出土。面徑 17.1 厘米。山東省
文物攷古研究所藏。

圖三四六　雲紋瓦當　漢

一九七五年章丘東平陵城遺址出土。面徑20厘米。山東省文
物攷古研究所藏。

圖三四七　雲紋瓦當　漢

一九七五年章丘東平陵城遺址出土。面徑 16.7 厘米。山東省
文物攷古研究所藏。

圖三四八　雲紋瓦當　漢
一九七五年章丘東平陵城遺址出土。面徑 17.5 厘米。山東省
文物攷古研究所藏。

圖三四九　雲紋瓦當　漢
一九七五年章丘東平陵城遺址出土。面徑 16.4 厘米。山東省
文物攷古研究所藏。

圖三五〇　雲紋瓦當　漢

一九七五年章丘東平陵城遺址出土。面徑17厘米。山東省文
物攷古研究所藏。

圖三五一　雲紋瓦當　漢

一九七五年章丘東平陵城遺址出土。面徑 17.5 厘米。山東省
文物攷古研究所藏。

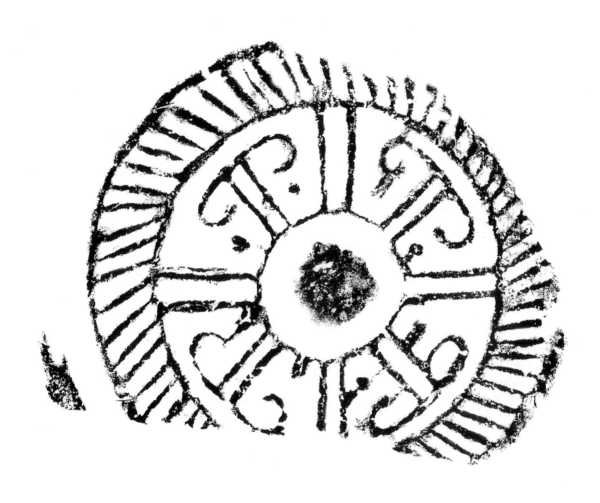

圖三五二　雲紋瓦當　漢

一九七五年章丘東平陵城遺址出土。面徑約 16.8 厘米。山東
省文物攷古研究所藏。

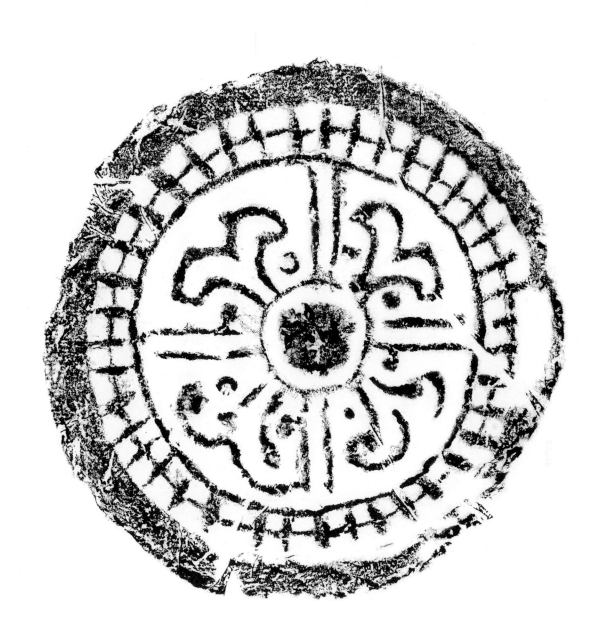

圖三五三　雲紋瓦當　漢
一九七五年章丘東平陵城遺址出土。面徑14.7厘米。山東省
文物攷古研究所藏。

圖三五四　雲紋瓦當　漢
一九七五年章丘東平陵城遺址出土。面徑 17.6 厘米。山東省
文物攷古研究所藏。

圖三五五　雲紋瓦當　漢

一九七五年章丘東平陵城遺址出土。面徑 16.2 厘米。山東省
文物攷古研究所藏。

圖三五六　雲紋瓦當　漢
一九七五年章丘東平陵城遺址出土。面徑 16.5 厘米。山東省
文物攷古研究所藏。

圖三五七　雲紋瓦當　漢
一九七五年章丘東平陵城遺址出土。面徑16厘米。山東省文
物攷古研究所藏。

圖三五八　雲紋瓦當　漢
一九七五年章丘東平陵城遺址出土。面徑 17.6 厘米。山東省
文物攷古研究所藏。

圖三五九　雲紋瓦當　漢
一九七五年章丘東平陵城遺址出土。面徑 15.6 厘米。山東省
文物玫古研究所藏。

圖三六〇　雲紋瓦當　漢

一九七五年章丘東平陵城遺址出土。面徑14.9厘米。山東省
文物攷古研究所藏。

圖三六一　雲紋瓦當　漢

一九七五年章丘東平陵城遺址出土。面徑 15.9 厘米。山東省
文物攷古研究所藏。

圖三六二　雲紋瓦當　漢

一九七五年章丘東平陵城遺址出土。面徑 16.6 厘米。山東省
文物攷古研究所藏。

圖三六三　雲紋瓦當　漢
一九七五年章丘東平陵城遺址出土。面徑 16.8 厘米。山東省
文物攷古研究所藏。

圖三六四　網格雲紋瓦當　漢
一九七五年章丘東平陵城遺址出土。面徑 16.1 厘米。山東省
文物攷古研究所藏。

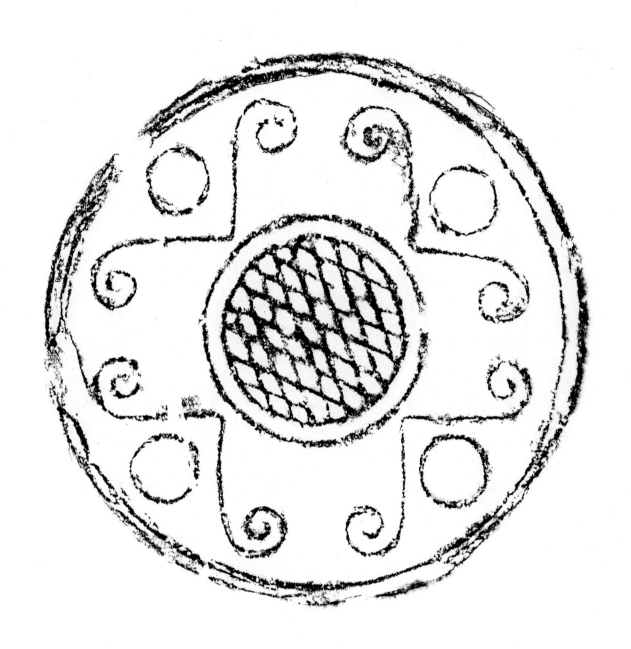

圖三六五　網格雲紋瓦當　漢

一九七五年章丘東平陵城遺址出土。面徑16.4厘米。山東省
文物攷古研究所藏。

圖三六六　網格雲紋瓦當　漢
一九七五年章丘東平陵城遺址出土。面徑 19.5 厘米。山東省
文物攷古研究所藏。

圖三六七　網格雲紋瓦當　漢

一九七五年章丘東平陵城遺址出土。面徑16厘米。山東省文物攷古研究所藏。

圖三六八　網格雲紋瓦當　漢
一九七五年章丘東平陵城遺址出土。面徑 17.5 厘米。山東省
文物玫古研究所藏。

圖三六九　網格雲紋瓦當　漢

一九七五年章丘東平陵城遺址出土。面徑18厘米。山東省文物攷古研究所藏。

圖三七〇　網格雲紋瓦當　漢

一九七五年章丘東平陵城遺址出土。面徑 14.7 厘米。山東省
文物攷古研究所藏。

圖三七一　網格雲紋瓦當　漢

一九七五年章丘東平陵城遺址出土。面徑 17.4 厘米。山東省
文物玟古研究所藏。

圖三七二　網格雲紋瓦當　漢
一九七五年章丘東平陵城遺址出土。面徑 16.5 厘米。山東省
文物攷古研究所藏。

圖三七三　網格雲紋瓦當　漢
一九七五年章丘東平陵城遺址出土。面徑 18.8 厘米。山東省
文物攷古研究所藏。

圖三七四　網格雲紋瓦當　漢

一九七五年章丘東平陵城遺址出土。面徑 17.3 厘米。山東省
文物攷古研究所藏。

圖三七五　網格雲紋瓦當　漢

一九七五年章丘東平陵城遺址出土。面徑 18.2 厘米。山東省
文物攷古研究所藏。

圖三七六　網格雲紋瓦當　漢
一九七五年章丘東平陵城遺址出土。面徑 14.6 厘米。山東省
文物攷古研究所藏。

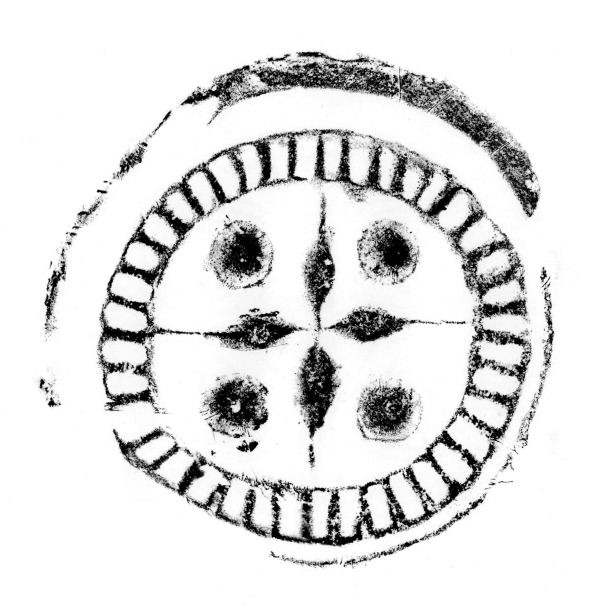

圖三七七　四葉乳釘紋瓦當　漢
一九七五年章丘東平陵城遺址出土。面徑15厘米。山東省文
物攷古研究所藏。

圖三七八　四葉紋瓦當　漢
一九七五年章丘東平陵城遺址出土。面徑 17.4 厘米。山東省
文物攷古研究所藏。

圖三七九　富貴萬歲瓦當　漢
一九七五年章丘東平陵城遺址出土。面徑 16.1 厘米。山東省
文物攷古研究所藏。

圖三八〇　千秋萬歲瓦當　漢

一九七五年章丘東平陵城遺址出土。面徑 18.3 厘米。山東省
文物攷古研究所藏。

圖三八一　波折乳釘紋瓦當範　漢

一九七五年章丘東平陵城遺址出土。面徑 18.5 厘米。山東省
文物攷古研究所藏。

圖三八二　波折乳釘紋瓦當範　漢
一九七五年章丘東平陵城遺址出土。面徑 18.5 厘米。山東省
文物攷古研究所藏。

後　記

　　在新中國出土瓦當集録齊臨淄卷編撰、蒐集瓦當資料的過程中，曾得到臨淄齊國歷史博物館、青州市博物館、山東省博物館、山東省石刻藝術博物館等單位的大力支持與協助。張龍海、王壽益、李中昇等同志提供了收藏的瓦當搨片。值本書付梓之際，一並表示謝忱。

　　齊地出土瓦當頗多，考慮到齊文化的整體性，本書除收録臨淄瓦當外，還收録了章丘東平陵城出土的瓦當，藉以反映齊瓦當的全貌。

　　東平陵城位於章丘市西北二十四華里的龍山鎮。城呈正方形，邊長一千九百米，面積十四點四平方華里。

　　龍山鎮一帶，春秋時屬譚。公元前六八四年，齊滅譚，歸齊。説苑貴德有“齊桓公之平陵”的記載，知春秋時已有平陵城。漢置東平陵縣（治所不是東周時之平陵），屬齊。漢文帝十六年（公元前一六四年），封齊悼惠王劉肥之子辟光王此，爲濟南國首府。景帝三年（公元前一五四年），辟光參與吳楚七國之亂，兵敗身死，國除，改爲濟南郡治。新莽時易爲樂安。東漢初復東平陵，屬濟南國。

　　東平陵城是兩漢時期的一個重要的手工業城市，設有工官和鐵官。城內遺址層層叠壓，內涵極爲豐富。一九七五年平整土地時，出土了數百件鐵器、錢幣和建築遺物。本書收録的瓦當都是這次出土的。特此附記。

羅勛章

一九九八年十月於臨淄